NOUVELLES

HELVÉTIQUES.

NOUVELLES
HELVÉTIQUES.

ACCOMPAGNÉES DE NOTES,

Par Madame S. D.

Ihr schüler der natur, ihr kennt
noch güldne zeiten !
HALLER, *Ode sur les Alpes.*

TOME I.

BOULOGNE.

IMPRIMERIE DE LEROY-BERGER,

NOVEMBRE 1813.

AVANT-PROPOS.

C'EST à toi, ô mon pays, que je consacre ces pages : pardonne si ma plume encore novice n'a pas su mieux exprimer tout le charme qui règne dans tes paisibles vallons, et toute la majesté qui environne tes hautes montagnes.

Les premières impressions que le cœur reçoit ne s'effacent jamais : elles laissent à l'imagination quelque chose de vague et de délicieux qui reporte sans cesse tous nos vœux vers la patrie.

Reçois donc mes chants, ô mon pays, si la censure leur permet un libre passage. Eh! pourquoi les arrêterait-elle dans leur course, si elle consulte le sentiment qui me les a dictés? Aimer sa patrie est une chose si naturelle; l'aimer, et ne pas oser se plaindre des malheurs qui l'ont accablée me semble impossible; se réjouir lorsque le ciel lui a rendu l'espoir et la perspective d'un avenir plus heureux, est un sentiment que mon cœur ne craint pas d'avouer et que le censeur le plus sévère ne peut condamner. J'ai pris la vérité pour guide; et quand j'ai retracé la vie de nos pères, j'ai eu l'intention de rappeler à leurs fils que la simplicité, l'industrie, la bonne foi et des mœurs pures, sont les seules bases sur lesquelles est fondé le bonheur de la patrie.

Il fut un tems où l'on était forcé de s'interdire de parler des malheurs causés par la révolution française. Mais aujourd'hui où on ne se souvient du passé que pour se féliciter du présent, on ne doit plus craindre d'établir de justes comparaisons et de se réjouir lorsque le ciel a rendu la paix à deux nations qu'il avait si cruellement châtiées.

J'ai suivi, dans le cours de mon ouvrage, les époques des guerres

que le comité de salut public et
le directoire ont portées en Suisse ;
et j'ai rappelé l'instant où l'Empereur des Français a jeté un regard
plein de bonté sur le peuple des
montagnes, et où il lui a permis,
en 1808, de célébrer de nouveau
la fête jubilaire, fête dont la pompe
agreste et touchante a appelé au
sein de l'Helvétie des têtes illus-
tres, des hommes de rang et de
génie, qui ont pris part aux plaisirs
de l'Helvétien.

L'Empereur ayant accordé à la
nation Suisse des témoignages de
son estime et de sa bienveillance,
témoignages qui lui ont ouvert de
nouveau une source de bienfaits,

je me suis plu à rappeler tous les
plaisirs simples auquel se livre le
peuple des montagnes. C'est alors
qu'animé par un nouvel espoir,
Conrad d'Uri s'écrie :

» Allons rebâtir les chaumières
» du pays d'Uri; allons redire aux
» échos délaissés que le bonheur
» va revivre dans les montagnes:
» là, de nouveaux cantiques s'élè-
» veront vers celui d'où nous
» vient le secours, et chaque nou-
» veau jour qui éclairera les ro-
» chers d'Uri, resserra les nœuds
» de l'amitié que nous nous serons
» jurée devant l'éternel. Ainsi ,
» nous ferons oublier aux races
» futures les outrages du tems et

A.

» la perfidie des hommes. On dira,
» quand nous ne serons plus : ils
» étaient bons, ils étaient ver-
» tueux ; voilà pourquoi le ciel
» leur a rendu le bonheur et la
» paix. «

NOUVELLES

HELVÉTIQUES.

LETTRE PREMIÈRE.

Sophie à Adelme.

Mont-Jura, le. . . .

C'en est donc fait, mon ami ; le sort l'a voulu : me voilà pour long-tems séparée de celui à qui le plus tendre penchant m'enchaîne. Que d'heures l'espace a dévorées depuis que tu m'as fait de tristes adieux ! Déjà j'entends mugir les torrens au pied du terrible Jura : l'harmonie sauvage des cataractes lointaines me rappelle qu'une immense étendue me sépare de celui que j'aime. Je frémis de douleur à la pensée que mes derniers pas viennent d'abandonner le sol que tu nommes ta patrie, et pourtant je tremble de plaisir en pensant

que je vais enfin franchir la barrière qui
me sépare encore de la charmante Helvétie.

Le lointain peu à peu s'efface à ma vue;
le pays qui t'a vu naître se perd dans le
vague vaporeux qui au loin borne l'horison, mais ton image ne se perdra point
dans l'espace : elle est gravée en traits
ineffaçables au fond de mon cœur.

Je ressens un mélange de peine, de
joie, de douleur et d'incertitude que je ne
puis exprimer : je suis toute à toi, et pourtant je sens qu'avant d'être à toi j'étais
toute à ma patrie.

L'aspect de ces montagnes !.... Oh !
oui, cet aspect fait palpiter mon cœur. A
cette vue, tous mes sens ont été livrés à
l'émotion la plus vive : le présent, le passé
et l'avenir ont été agités par le génie des
montagnes ; il a retracé à ma mémoire ces
scènes mille fois délicieuses que l'on ne
goûte que dans l'âge où le sentiment nous
prépare des souvenirs, dans l'âge où l'avenir, sous la forme d'un fantôme brillant,
embellit les rêves de l'imagination et ajoute
un charme de plus à ces aimables plaisirs

dont la pensée enrichira encore l'âge n ûr.

Je ne veux plus te répéter tout ce que j'ai souffert en me séparant de toi ; je ne veux pas te redire combien il m'est pénible de penser que je serai long-tems éloignée de toi ; tu connais si bien les affections de mon cœur !.... Mais tu ne connais pas le pays où le jour m'a éclairée pour la première fois ; tu ne connais pas les campagnes qui ont offert à ma jeunesse de douces et pures jouissances. Je vais donc m'en occuper avec toi.

O ! vous Muses, aimables sœurs ! descendez sur l'aîle des vents de la montagne. Venez m'inspirer des pages qui puissent plaire à celui que j'aime. Prêtez à mes paroles une ame qui se communique à son ame et qui lui transmette dans chaque pensée, dans chaque ligne, dans chaque mot, ce que la mienne sent si vivement.

LETTRE II.

Sophie à Adelme.

Mont-Jura , le. . . .

Lorsque nous eûmes atteint les hauteurs du Mont-Jura , nous sentîmes encore toute la rigueur de l'hiver : notre char était lentement traîné à travers les neiges entassées. Des forêts de sombres sapins chargés de cristaux éblouissans , étendaient au - devant de nous leurs bras glacés et nous annonçaient au loin l'anéantissement d'une nature enchantée lorsque le premier souffle du printems lui communique une nouvelle vie.

Un vent froid et impétueux faisait voler sur nos pas des nuées de frimas , et bientôt un événement fâcheux fixa notre attention et nous fit oublier nos propres maux , pour ne nous occuper que de ceux d'un enfant à demi-mort de froid , qui , muni d'une provision de pain pour son vieux père, était tombé sans connaissance sur un monceau de neige. Nous le transportâmes aussitôt dans la voiture, où j'employai tous mes soins pour le rappeler à la vie : lorsqu'il eût r'ouvert les yeux, il fixa des regards inquiets sur ses mains, et n'y voyant plus le pain qu'il avait tenu étroitement serré, il s'écria : « ô mon Dieu! Mon pauvre « père sera mort de faim! » Après ces mots il fondit en larmes : je le rassurai en lui disant que le pain n'était pas perdu, que la journée n'était pas encore écoulée, et que nous allions le ramener dans sa chaumière. Nous ne tardâmes pas à nous trouver près d'une chétive demeure où l'infortuné attendait les secours du ciel : il était à genoux devant l'image de Dieu, qu'il invoquait avec ferveur. On voyait que de longs malheurs avaient miné une existence qui ne le retenait plus à la terre que par de bien faibles liens. A peine put-il se relever et manifester de la joie à la vue de son fils. Il lui dit, en l'embrassant : « J'allais « te joindre, mon enfant, là où les secours « humains ne nous seront plus utiles. »

J'interrogeai cet infortuné, et je lui marquai mon étonnement de le voir aussi délaissé dans un pays où l'humanité s'empresse toujours d'aller au-devant du malheur. Il me répondit d'une voix émue : « Dignes étrangers, qui que vous soyez, « puissiez - vous ne jamais éprouver l'hu-« miliation à laquelle je me vois sou-« mis! moi aussi j'ai connu le plaisir de « donner et d'être utile à mon semblable ; « mais je ne puis comparer le bonheur de « celui qui donne au plaisir de celui qui « reçoit : l'un élève l'ame et l'autre l'a-« néantit. Je suis assez malheureux pour « être tombé dans la classe des derniers ; « j'en mourrai de douleur et de honte ; « mais qu'importe maintenant que je vive ? « Le pays d'Uri n'est plus! Qu'ai-je désor-« mais besoin sur la terre ? . . . . L'étran-« ger viendra déchirer ma patrie, mais il « ne brisera plus mon cœur. » D'après ces paroles, je pensai que l'inconnu était un de ces infortunés que les horreurs de la guerre avaient plongés dans cet état de détresse. Je m'aperçus aisément qu'une trop grande délicatesse l'engageait à refu-

ser nos secours, et je cherchai quelques
moyens de lui être utile.

Nous demandâmes s'il ne se trouvait
pas dans ces environs une demeure où
nous pourrions nous soustraire aux fureurs
de la tempête et passer la nuit à l'abri d'un
toit hospitalier. «Oui, nous répondit-il;
» dirigez vos pas à travers cette gorge de
» montagnes que vous apercevez devant
» vous: à votre droite, vous verrez une
» colline isolée, qu'on appelle le Mont-
» Joli. Là, vous trouverez un étranger qui
» pratique toutes les vertus de l'hospi-
» talité. Comme moi l'orage l'a atteint et
» l'est venu se réfugier dans ces mon-
» tagnes; mais lui n'a besoin que de pitié
» et non des secours de l'étranger. Le
» ciel lui permet encore d'en donner
» à l'homme indigent, et si mon cœur ne
» refusait pas d'en recevoir, c'est de lui
» seul que je voudrais les tenir. Il s'ap-
» pelle Carosini, et sa fille, qui porte sur
» sa douce figure la bonté des anges, se
» nomme Nida. A présent, que Dieu vous
» accompagne! voilà la route que vous
» devez suivre; et si jamais vous repassez

» ici , dites une prière pour le repos de
» mon ame, et prenez compassion de mon
» fils , si vous le rencontrez , car alors je
» ne serai plus. »

Avant de quitter la chaumière j'avais
laissé sur une table quelques pièces d'argent sans que le vieillard l'aperçût, et
nous nous dirigeâmes vers le Mont-Joli.

Le tems était plus calme , et les brouillards avaient abandonné les hauteurs.
A peine avions-nous fait quelques pas que
nous entendîmes une voix nous appeler
vivement ; on arrêta , et quelle fut notre
surprise de voir accourir , à travers la neige,
l'enfant que nous avions sauvé ! Il étendit
vers nous les bras, et voulut me remettre
l'argent que j'avais laissé. Je l'assurai en
vain que je l'avais donné pour lui ; sans
m'écouter, il le laissa tomber sur le siège
de notre char, et , en nous souhaitant un
heureux voyage , il s'enfuit avec précipitation. J'étais confuse de n'avoir su mieux
faire la charité ; mais il aurait fallu retarder
le bienfait, et je croyais le secours urgent

Arrivés au Mont-Joli, nous fûmes reçus
de la manière la plus gracieuse. On n'aurait

pas cru que des étrangers voyaient d'autres
étrangers pour la première fois : tout ce
que l'amabilité et la bonté peuvent ima-
giner était naturellement mis en usage : là,
tout était fait pour fixer mon attention ;
je croyais lire sur la figure des Carosini
ce qui intéresse vivement, la sensibilité
jointe à ce qui caractérise ces rapports
aimables qui rapprochent l'homme de son
semblable : aussitôt arrivée là, il me sembla
que j'étais bien : des sentimens délicats,
des égards recherchés, de doux entretiens,
étaient des moyens surs pour me rendre
cette réunion agréable. Il y a quelque
chose dans la physionomie de l'homme,
qui donne aussitôt la mesure de ce que l'on
est en droit d'en attendre. La conversation
commencée, je désirai en savoir davantage ;
et chaque mot de mes nouvelles connaissances semblait pour moi contenir un
événement entier.

Nida est douée d'une de ces figures
charmantes, qu'une expression extraordinaire anime ; d'une de ces figures rares
que le romancier se plaît à peindre. Nida
paraît douce, aimante et communicative.

Mais voilà tout ce que je puis t'en dire, mon cher ami : le tems a paru trop court pour qu'on nous donnât un récit détaillé des événemens singuliers dont ils paraissent avoir été les victimes. Je compte venir passer les beaux jours sur les montagnes, et j'espère inspirer assez de confiance à cette intéressante famille pour qu'elle ne me laisse pas ignorer quelle est la cause qui l'a engagée à se retirer dans le Jura, et à renoncer à la société. Ainsi, mon ami, j'aurai tôt ou tard un récit à te faire, qui, j'en suis persuadée, t'intéressera, car j'ai moi-même une impatience extrême de l'entendre.

LETTRE III.

Sophie à Adelme.

Mont-Jura, le . . . .

Un autre jour, j'aurais quitté avec peine
les habitans du Mont-Joli, mais aujour-
d'hui, mon Adelme, pouvais-je avoir un
autre sentiment que celui qui me rappelait
les premières affections de mon cœur?
Pouvais-je avoir une autre pensée que
celle qui me ramenait sur le sein d'une
mère chérie, sur le cœur palpitant de joie
de ma Julie? Non, aucune autre ne pouvait plus m'occuper : je comptais les heures,
les minutes, et je saluais avec transport
l'étoile du soir qui planait sur ma terre
natale. Chaque torrent, chaque ruisseau
semblait me dire : mes bruits sont les bruits
de la patrie; chaque buisson, ému par le
vent du soir, froissait ses branches à mon
approche et murmurait tout bas : je suis
le buisson de la patrie; je croyais voir
chaque roche couronnée de pins, perdre
sa froide immobilité et me dire : moi aussi
je suis le rocher de la patrie. Oui, devant
vous, roches gigantesques et sauvages,

devant vous, l'enfant de l'Helvétie se pros-
terne et invoque le Dieu de la patrie!
Majestueux colosses, élevez-vous jusqu'aux
cieux et préservez de tout nouveau danger
la terre qui vous enfanta.

Nous avancions à travers mille détours
que forme le chemin creusé dans la montagne. Les voiles légers du crépuscule se
perdaient lentement dans la profonde nuit;
mais bientôt l'astre chéri du voyageur noc-
turne vint éclairer nos pas errans. Alors je
vis planer les pâles lueurs des nuits sur
l'asile où j'ai compté les années de l'âge heureux. Oh! à cette vue, que de réflexions
douces et amères se glissèrent dans mon
ame! Des larmes brûlantes coulèrent de mes
yeux; mes regards venaient de s'arrêter
sur la terre des morts, où les ombres
fuyaient parmi les tombeaux. Là, s'est
arrêté pour jamais le meilleur des pères:
peut-être sa dernière pensée me cherchait-
elle encore sur des rives étrangères; et moi,
je n'ai même pu recueillir son dernier regard. A cette idée, mon Adelme, je me
suis détournée pour éloigner ma vue de ce
spectacle déchirant. J'ai élevé les yeux vers
le ciel et j'ai imploré l'être des êtres pour
qu'il conservât ta vie et celle de mes amis.

LETTRE IV.

Sophie à Adeline.

Bienne, le . . , . .

ᴇ les ai vus, je les ai sentis sur mon
cœur; nos soupirs se sont confondus, nos
âmes se sont émues ensemble; le sein ma-
ernel a de nouveau palpité contre le sein
qu'il a nourri; de douces larmes ont inondé
a bouche qui me donna le premier baiser,
a bouche qui m'enseigna la vertu, la bouche qui m'apprit à nommer Dieu; enfin,
a bouche qui dirigea ma vie entière vers
e but éternel! Que de sages avis, que de
onseils salutaires, que d'expressions ten-
res en ont coulé pour moi! O! mon ami,
e l'ai de nouveau pressée sur mes lèvres...
près une longue absence quelle douceur!
uel charme s'attache à l'existence qui nous
a donné l'existence! Et Julie, cette bonne
sœur qui a partagé mes jeux, mes peines

et mes plaisirs, qui toujours a senti comm
je sentais les vives émotions de l'ame
Qu'il m'était doux de la serrer dans mes bra
de me souvenir avec c'le du passé, de ca
culer l'avenir, et de l'entretenir de toi, me
Adelme ! Si tu étais ici, il ne me restera
plus rien à désirer : le parfait bonheur
serait plus une chimère. Ce désir s'accor
plira peut-être un jour. Oh ! oui je l'espèr
tu viendras parcourir avec moi ce pays
cher à ta Sophie, où tout retrace à sa m
moire d'aimables souvenirs. Tu viend
rêver avec elle au pied de ces montagne
où l'aspect délicieux de l'Helvétie te re
dra ivre de joie. Cet espoir charmant
reste ; oui Adelme, il satisfait mon cœu

LETTRE V.

Sophie à Adelme.

Bienne, le . . . . .

L'AURORE, sur son lit d'azur, avançait à pas lents sur les noires forêts de la montagne. Le prestige heureux, qui m'avait bercée en songe, venait de fuir ma couche : tu étais-là, mon ami ; mille baisers brûlans s'envolaient de ta bouche ; j'étais heureuse : mais le sommeil a fui et la lumière a éclairé mon erreur. Mes regards parcouraient rapidement l'enceinte où j'étais enfermée, mais Adelme n'y était pas : alors j'ai répété avec Métastase : *Rendi amor se giusto sei, piu veraci i sogni miei o non farmi risvegliar,* et puis, je me suis levée promptement pour aller jouir dans la campagne d'une de ces matinées que le mois de mai n'offre qu'en Helvétie. Julie me donna le bras, et nous nous acheminâmes vers la forêt de Baujan, forêt qui s'élève sur le revers du

B

Jura. C'est-là qu'une magnifique cascade
tombe dans un charmant vallon: elle
réunit sur ses bords, au bruit majestueux
de sa chûte, au tumulte effrayant de ses
vagues, une vue délicieuse qui s'étend le
long du Jura, vers le pays de l'Argovie,
pays qui pour moi recèle dans son sein des
amis et des souvenirs.

L'amour est ingénieux: il trouve sans
cesse de quoi entretenir l'amitié de ses
vives émotions, et la tendre et complai-
sante amitié écoute patiemment. Tandis
que je parlais de toi, mon Adelme, je ne
m'apercevais pas que de longs détours nous
éloignaient de notre route; mais Julie, qui
n'avait point comme moi le bandeau de
l'amour sur les yeux, me dit: « Sophie,
» nous nous perdons, je ne reconnais plus
» ici le chemin qui conduit à la cascade;
» je n'ai jamais passé par-là: ces nombreux
» ruisseaux qui se croisent et qui roulent
» sur les cailloux couverts de mousse, me
» sont inconnus; je t'écoutais, Sophie, et
» nous voilà perdues dans la forêt. »

Nous allions et nous revenions sur nos
pas; quelquefois nous nous arrêtions:

cependant après avoir fait bien du chemin,
nous crûmes entendre une voix qui semblait ne pas être éloignée de nous. Aussitôt
nous nous hâtâmes d'en approcher : les
sons en étaient doux et agréables. Cachées
parmi les arbres nous distinguâmes bientôt
ces paroles :

Ces bois touffus, cette onde pure,
Sont les témoins de ma douleur :
Tendre ruisseau, votre murmure
Me fait oublier mon malheur.

Vous seul connaissez mes alarmes,
A vous seul je dis mon secret ;
Dans votre sein coulent mes larmes :
Recevez-les, soyez discret.

Allez porter sur d'autres rives,
Mes pleurs, mes ennuis, mes tourmens.
Ah! que vos ondes fugitives
Entraînent mes vœux impuissans !

Dans les climats qui m'ont vu naître,
Murmurez mes tristes accens :
A mon ami faites connaître
Tout ce que pour lui je ressens.

Tenez, portez-lui cette rose,
Portez-lui ces tristes soucis ;
Murmurez-lui la même chose,
Que je murmure en ce pays.

Ici la voix se tut, et nous vîmes s'avancer,
sur le sommet d'un rocher, une jeune femme parée de tous les charmes de la jeunesse
et de la beauté : ses cheveux blonds attachés négligemment sur le haut de la tête,
retombaient en boucles sur un col d'albàtre ;
sa taille gracieuse se dessinait sous des vêtemens d'une grande simplicité, et son cha-
peau de paille était replié dans une cor-
beille de jonc, d'où nous la vîmes tirer des
roses et des soucis : elle en forma un bouquet, se mit à genoux sur le rocher, pressa
ces fleurs sur sa poitrine, joignit les mains,
les éleva vers le ciel et jetta ensuite les
fleurs sur la vague écumante. Tandis qu'elle
se penchait sur le rocher, pour suivre des
yeux le cours du fleuve et le bouquet
qu'elle venait de lui confier, nous avançâ-
mes, et alors nous la vîmes redescendre
du rocher.

Notre vue parut la surprendre ; mais
bientôt elle nous parla avec cette grâce
naïve qui sied si bien à cet âge. Elle voulut
nous conduire près de l'endroit où le torrent tombait avec le plus de fracas, et en
chemin elle nous parla ainsi : «Personne

» mieux que moi ne peut vous faire con-
» naître les beautés que renferme cette
» sombre forêt; je la parcours depuis mon
» enfance : ici j'ai pu quelquefois oublier
» de bien grandes peines. »

« Comment des peines, à votre âge,
» avec cette aimable figure ! lui répliqua
» Julie.--- Oh! Madame, reprit-elle, je
» suis vraiment l'enfant du malheur. »
Mais comme effrayée de ce qu'elle venait
de dire, elle hâta ses pas et nous montra
le torrent qui majestueusement se déroulait sur d'immenses rochers, en arrosant
au loin les arbres verds qui se penchaient
sur ses bords.

Pendant que Julie s'occupait à prendre
avec son crayon l'esquisse de la cascade et
du charmant vallon que ses yeux parcouraient avec rapidité, je m'étais entretenue
avec la jeune étrangère. Elle avait d'abord
jugé à mon accent que j'avais habité la
France : elle me questionna, et me dit :
» Combien vous êtes heureuse, Madame ;
» vous avez connu la France, vous l'avez
» habitée, et peut-être avez-vous vu..... »
Ici elle rougit et se tut ; des larmes vinrent

humecter sa paupière, et je n'osai lui demander ce que j'avais le plus grand désir de savoir. Nous restâmes quelques instans dans le silence, et bientôt nous entendîmes plusieurs voix qui appelaient, Elisa ! Elisa ! L'étrangère parut effrayée, se leva précipitamment, et nous dit d'un air qui marquait l'inquiétude : c'est Madame de Valvil qui me cherche ; elle est peut-être fâchée de ma longue absence.

Aussitôt elle disparut.

Nous restâmes quelques instans seules ; ensuite nous vîmes paraître Madame de Valvil et sa fille, qui, moins jolie qu'Elisa, avait cependant quelque chose de fort doux et de fort agréable dans la physionomie : ces dames étaient accompagnées de M. S..., homme d'un certain âge, connu et estimé de ma famille.

On nous pressa vivement d'aller passer la journée au vallon de St.-Imier, qui se trouvait encore à une certaine distance de la forêt ; M. S.... nous offrit son char suisse pour notre retour.

Nous l'acceptâmes.

La belle Elisa m'occupa une partie de

la journée : j'avais fait mille conjectures
sur ce qui avait pu causer les chagrins de
cette aimable fille ; mais je n'avais rien pu
découvrir de certain.

On préparait le char pour notre départ.
M. S....vint avec nous ; et pendant la route,
il s'aperçut à mes questions de l'intérêt
extrême que m'avait inspiré la jeune Elisa.
Alors il me dit : « je puis vous satisfaire si
» vous me promettez le secret ; demain
» j'irai vous raconter ses malheurs. »

L E T T R E   V I.

Sophie à Adelme.

Bienne, le . . . .

M. s.... ne manqua pas le lendemain de satisfaire notre curiosité. Voilà, mon aimable ami, ce qu'il nous apprit :

Madame de Valvil, après la mort de son mari, se retira avec sa fille Mélina, du comté de Neufchâtel dans les montagnes du Jura. La perte d'un époux qu'elle chérissait l'engagea à renoncer au monde : elle voulut se livrer dans une retraite profonde à sa douleur, qui ne pouvait être adoucie que par les soins qu'elle donnait à sa petite Mélina. Cette enfant était la vivante image de celui qu'elle regrettait si vivement.

Avec une fortune considérable et vivant retirée dans ces montagnes, Madame de Valvil pouvait se livrer absolument au goût qui la portait à la bienfaisance. Une occasion se présenta bientôt qui mit sa bonté

à l'épreuve, et jamais elle n'avait res-
senti une satisfaction plus grande ; elle pouvait enfin se dire : je suis utile à mon
semblable.

Lorsque des troubles agitèrent un grand
empire, que l'innocent fut la victime du
coupable, qu'un sort inconstant rejeta du
sein de la patrie ses enfans légitimes, et
que les cris du désespoir pénétrèrent jusqu'aux monts Helvétiques ; alors Madame
de Valvil reçut chez elle une de ces familles
infortunées que le ciel avait jusqu'alors
comblées de ses faveurs, et qu'il venait d'a-
bandonner aux horreurs de l'infortune.

Monsieur et Madame de Riveri furent
recueillis chez Madame de Valvil comme
d'anciennes connaissances qui avaient des
droits à son amitié et à sa fortune. Leur
fils, qui était âgé de cinq ans, trouvait
dans Mélina une jeune compagne qui
prenait part à tous les jeux auxquels il
donnait la préférence. Toujours on les
voyait assis ensemble, ou sur le revers de
la montagne, ou aux bords des frais ruisseaux.

Madame de Valvil, par mille soins tou-

B.

chans, s'était efforcée de faire oublier à cette
intéressante famille les événemens fâcheux
qui l'avaient plongée dans cet état de dé-
pendance, et Madame de Riveri sentait
déjà que l'amitié la plus douce l'attachait
à celle qui avait su lui faire oublier en
partie son malheur ; souvent elle lui disait :
» près de vous, près de mon époux et de
» mon fils, il ne me reste rien à désirer :
» j'ai réuni ici tout ce que je n'aurais peut-
» être jamais trouvé ailleurs ; de l'amitié,
» de la bonté et des plaisirs purs que les re-
» grets n'empoisonnent jamais. » Mais ce
paisible bonheur dont Madame de Riveri
s'était flattée ne dura que peu d'instans ;
le devoir appela bientôt son mari à l'armée
destinée à reconquérir les droits que l'in-
justice avait ôtés à tant de familles respec-
tables.

Rempli de crainte et d'espérance, M.
de Riveri prit congé de sa bien-aimée et
de son Alfred, qu'il recommanda vivement
à celle dont son enfant pouvait tout attendre : il voyait avec peine le désespoir de
Madame de Riveri, et pourtant il ne trouvait aucun moyen de la consoler : elle sem-

blait déjà prévoir les malheurs certains qui
l'attendaient , et il fallait tout le courage
d'une mère pour résister au désir qui l'entraînait à suivre son époux.

Que de fois après ce départ funeste , Madame de Riveri , en penchant doucement
la tête sur le bras de son amie , ne lui dit-elle
pas : «je ne vivrai point assez pour voir mon
» fils à cet âge où de vives passions s'éveille-
» ront dans son cœur... Que deviendra-t-il
» alors ? Dieu seul le sait: je n'oscrais exiger
» de l'amitié un des plus grands sacrifices...»

A ces mots , Madame de Valvil pressait
son amie de lui ouvrir son cœur.

«Puisque vous le désirez , lui dit-elle un
» jour , je ne vous cacherai pas plus long-
» temps le seul vœu que j'ose former : ma
» chère amie , vous seule pouvez assurer
» le repos de ce cœur sans cesse agité. Hélas!
» je crains bien de ne plus revoir celui
» pour qui j'attache encore quelque prix à
» la vie : s'il meurt je le suivrai de près, n'en
» doutez pas. Je ne pourrai jamais con-
» sentir qu'Alfred retourne dans cette
» patrie qui nous a traités si indignement :
» il n'a plus rien à espérer d'elle..... »

« Je n'espère donc qu'en vous, mon ai-
» mable amie : je sais que vous n'estimez
» la fortune que parce qu'elle vous met à
» même de faire du bien. Alors lui mon-
trant Mélina et Alfred, qui jouaient assis
sur le verd gazon : «Voyez, continua-t-elle,
» voilà ce que je vous demande : unissez-les
» un jour, faites deux heureux ; promettez-
» le moi et je mourrai contente. » Madame
de Valvil serra son amie sur son cœur, et
l'assura qu'en unissant la destinée des deux
enfans, elle satisfairait elle-même au désir
le plus cher. Cependant elle ajouta : « A
» moins qu'une aversion décidée de l'un ou
» de l'autre n'y mette obstacle. — Ma chère
» amie, n'en doutez pas, ils s'aimeront,
» j'en suis sûre, disait Madame de Riveri. »
Cette heureuse perspective pour un fils
qu'elle chérissait, parut la rassurer, et le
sourire revint sur ses lèvres. Mais lorsque
le jour du courrier arrivait et qu'elle n'avait
point de lettre de son époux, alors de
cruelles alarmes venaient de nouveau s'emparer d'elle ; et lorsqu'enfin une de ces
lettres si désirées arriva, quels furent sa douleur et son désespoir, après tant de jours

d'attente, d'espérance et d'inquiétude,
d'apprendre que cet époux si cher était en
danger de perdre la vie par des blessures
qu'il avait reçues! Désormais rien ne fut
capable de la retenir; elle voulut partir à
l'instant. Son amie en vain avait épuisé
tous les moyens de persuasion, elle ne put
la faire renoncer à ce projet. Sans l'écouter,
elle s'écriait dans l'excès de sa douleur:
» Qui aura soin de lui si ce n'est moi? Je
» vous confie mon fils: hélas! c'est tout
» ce qui me reste sur la terre; regardez-le
» comme s'il vous appartenait; soyez dès
» aujourd'hui sa mère, et laissez-moi sui-
» vre le devoir qui m'entraîne loin d'ici. »

Après avoir inondé de larmes le front
de ce fils chéri, elle s'éloigna en comblant
de vœux et de bénédictions celle qui lui
avait donné tant de marques de bonté et
d'affection.

Les caresses de Madame de Valvil, celles
de la petite Mélina, firent bientôt oublier
à Alfred qu'il était séparé de ceux qui lui
avaient donné l'existence: il s'attacha de
plus en plus à sa famille adoptive, et gran-
dit sous les douces loix de l'amitié.

Madame de Valvil avait reçu une lettre
de son amie, mais les détails en étaient si
affligeans qu'elle crut devoir renoncer à
l'espérance de la revoir jamais. Madame
de Riveri lui marquait ce qui suit :

«O! vous à qui je confie ce qui me reste
de plus cher au monde; vous qui avez si
bien connu les affections de mon cœur,
connaissez aujourd'hui les déchiremens de
ce cœur qui perd à jamais l'espoir de pouvoir conserver ce qu'il idolâtrait. Dans
peu d'heures peut-être ne sera-t-il plus! et
dans peu d'heures j'aurai cessé d'exister!
Comment pourrai-je vivre lorsqu'il ne
verra plus la lumière qui m'éclaire; mon
ami n'a point été la victime des ennemis
de sa patrie..... Oh! ma chère Valvil, comment oser avouer au monde entier que
c'est l'amitié même qui a aiguisé le fer qui
devait lui percer le cœur? On croirait aujourd'hui que les cieux ont changé de face:
la nature est bouleversée, l'ami ne connaît
plus son ami, le fils menace le père, le
père méconnaît ses fils; le lit nuptial est
souillé par le crime, la femme est arrachée
des bras de son époux, et par-tout la mort

étend ses bras hideux , et dit au genre humain : *vous avez vécu ; c'est maintenant
mon règne.* L'opinion , la cruelle opinion
déchire l'univers , et l'opinion a dévoré
jusqu'à l'amitié pour faire mon malheur.
Mon époux avait un ami ; des années les
avaient séparés , et chacun d'eux s'était
laissé diriger par l'influence d'une opinion
différente. Lorsqu'ils se sont revus , une ex-
plication trop vive les a conduits à une
affaire d'honneur ; ils se sont battus , et mon
époux a été la victime du barbare qui a
osé percer un cœur qui l'avait si tendrement aimé. «

«Je ne vous reverrai plus, ma tendre amie,
je ne reverrai plus mon fils ; jamais je n'aurais pu lui donner les soins qu'il peut attendre de vous: voilà l'unique pensée qui
me console dans mon malheur. Dites à
mon fils, lorsqu'il aura atteint l'âge de raison , qu'il est de son devoir de venger la
mort de son père ; qu'il trempe ses jeunes
mains dans le sang du meurtrier qui lui a
ravi son père ! Cette feuille cachetée lui
apprendra le nom du perfide , et lui ensei-
gnera les moyens de ne pas le manquer. »

LETTRE VII.

Sophie à Adelme.

Bienne, le . . . .

A cette lecture, Madame de Valvil frissonna. Moi! se disait-elle, moi, je donnerais des conseils que la vertu et que les lois de Dieu rejettent! je les donnerais à celui que je dois nommer mon fils! oh non, jamais! Dieu vengera, lorsque le jour de la vengeance sera venu. Jusqu'alors je remplirai les devoirs d'une mère chrétienne, et je cacherai à Alfred le sort affreux qui l'a privé des auteurs de ses jours.

Dans une belle soirée d'été, Madame de Valvil s'était assise sur le penchant d'une colline, où le bruit des eaux charmait sa solitude : elle s'était livrée à mille réflexions qui avaient pour but l'avenir. Depuis plusieurs heures le soleil avait cessé d'éclairer la cime des montagnes, et la nuit venait de la surprendre : elle ne s'en aperçut qu'au

oment où des cris affreux vinrent frapper
on oreille : effrayée, elle voulut avancer,
iais l'obscurité l'empêcha de suivre le son
e la voix qui de loin se faisait entendre.
lle dirigea donc ses pas vers la maison et
nvoya du monde pour secourir ceux qui
araissaient être en danger.

On ne tarda pas à lui apporter une fem-
'vanouie : la voiture dans laquelle elle
assait le Jura venait d'être précipitée
dans le torrent qui borde la route, par
'imprudence du conducteur.

Madame de Valvil fit aussitôt chercher
n homme de l'art : l'étrangère donna
quelques signes de vie et parut éprouver
violentes douleurs. Le médecin déclara
qu'elle était enceinte, et que cet événe-
ent hâterait sa délivrance ; qu'il serait
possible de sauver l'enfant, mais qu'il n'a-
vait point d'espoir de conserver la mère.

Dans peu d'instans l'inconnue donna le
jour à une fille, et sans pouvoir lui prodi-
guer les premières caresses d'une mère ;
elle mourut malgré tous les soins qui lui
furent donnés.

Cette fille, continua M. S....., est la

charmante Elisa que vous avez vue, qu
personne n'a jamais réclamée, et que M
dame de Valvil a élevée avec le plus gran
soin. La seule chose qu'on put découvr
concernant son origine, fut que ses pare
étaient français, et qu'ils avaient, de mêm
que tant d'autres infortunés, quitté le
patrie pour se soustraire à la cruauté.

Mère de trois enfans, Madame de Valv
était sans cesse occupée de leur éducatio
et dans peu d'années elle se vit payée c
toutes ses peines, car elle ne connaissa
pas de plus douce jouissance que celle c
se trouver au milieu de cette aimable so
ciété qu'elle contemplait avec orgue
Elle pouvait se dire : c'est-là le fruit de m
peines.

Alfred, pour achever ses études, avait é
quelque temps absent ; et pendant cette s
paration, Madame de Valvil caressait
pensée que bientôt elle l'unirait à sa chè
Mélina ; et Mélina, sans savoir pourquo
éprouvait déjà une sorte d'embarras lor
qu'elle parlait d'Alfred. Il lui avait si so
vent dit : Mélina, je vous aime comme un
tendre sœur ; elle se souvenait de ces mot

t à ce souvenir son cœur battait plus
vîte.

Elisa pensait moins souvent au bel
Alfred : elle avait un penchant particulier
pour l'étude, et semblait toujours livrée
à de sérieuses réflexions. Elle savait déjà
plusieurs langues et trouvait ses plus
grandes jouissances à parcourir les auteurs
qui lui offraient des pensées sublimes. Son
caractère doux et aimable augmentait le
charme de sa figure, et cette bonté qui
accompagnait chacune de ses actions, faisait dire à tous ceux qui la voyait : vraiment elle est charmante.

Elle était sans cesse occupée à faire ce
qui pouvait être agréable à Madame de
Valvil et à Mélina, qui de leur côté l'en
récompensaient par l'attachement le plus
vrai. Qui aurait cru qu'un jour viendrait
troubler cette union entre des cœurs si
bons et si innocens ?

Alfred, après plusieurs années d'absence,
devait, à la grande satisfaction de toute
la famille, revenir dans les montagnes.
On attendait ce jour si désiré avec la plus
vive impatience. Le soir de son arrivée

Madame de Valvil, accompagnée de se
deux filles, s'était rendue sur la route pa
où Alfred devait venir. On avait prépar
une petite fête en son honneur ; le jardi
avait été dépouillé de ses plus belles fleurs
les bergers du Jura , avec lesquels
avait si souvent parcouru les montagnes
s'étaient rassemblés dès le matin, dan
leurs habits de fête , sur les hauteur
qui bordent la route.   On entendait d
loin leurs voix qui appelaient les écho
pour leur faire répéter le nom d'Alfred
Mélina et Elisa avaient mis un soin par
ticulier dans leur simple parure. Mélina
en regardant son amie , ne put se ca
cher qu'elle était la plus belle. Cette pen
sée, pour la première fois , parut jete
du trouble dans son ame ; et en cotoyan
la rivière, elle ne cessait de la regarde
jusqu'à ce qu'enfin la vue d'Alfred, qui , su
le haut de la montagne, donnait les signe
de son arrivée par des chants de joie, vin
fixer toute son attention. Il avait attach
au bout de son bâton un voile, et de loin
il le laissait flotter dans l'air pour donner
à ses amis le signal du retour.

Partout sur son passage les montagnes
épétaient, Alfred, Alfred : son cœur était
ému, il hâtait ses pas. Il vint se jeter dans
es bras de la tendre mère qui l'avait
adopté. Mélina reçut en rougissant le
premier baiser qui fut suivi de sensations
qui jusqu'alors lui avaient été étrangères.
Alfred voulut aussi embrasser Elisa : mais,
en jetant les yeux sur elle, il recula d'un
pas et parut frappé d'étonnement. Elisa,
qui ne savait à quoi attribuer cette ap-
parente froideur, baissa les yeux et s'approcha doucement de Madame de Valvil.
Alfred s'apperçut alors de sa faute et lui
fit : pardonnez, belle Elisa, je croyais voir
un être céleste en vous apercevant, et
un mouvement involontaire m'a dit que
e n'étais pas digne d'en approcher.

Ce discours étonna Madame de Valvil
et jeta la crainte dans le cœur de Mélina.
Cependant ce léger trouble se dissipa
bientôt, et la joie reparut sur toutes les
figures. On examinait avec attention
Alfred, on lui disait combien on trouvait
en lui de changemens heureux. Un air plus
réfléchi avait remplacé l'air de la folâtre

gaîté qui accompagnait jadis toutes ses a
tions; et l'on trouvait que ce nouvel a
allait très-bien à sa belle figure mâle et sp
rituelle, à cette taille élevée à qui il n
manquait rien pour être parfaite. Alfre
jouissait ce soir-là de tout ce qu'offre d
délicieux le retour dans la maison pater
nelle, tandis que Madame de Valvil et se
deux filles goûtaient tous les charmes d'u
bonheur qu'elles n'avaient pas encoi
éprouvé.

Mais cherchons, cherchons à fuir le de
nier degré de la félicité, car il est rare qu'
ne soit pas le premier degré du malheu

Madame de Valvil se plaisait déjà en s
cret à tout préparer pour le prochain hy
men de sa chère Mélina : elle caressait ave
délice la pensée que cette union lui doi
nerait de pures et de longues jouissance
Mais pendant qu'elle croyait préparer so
bonheur, un sort contraire travaillait à l
détruire.

Dans une de ces belles matinées où de
torrens de lumières se lèvent en Orie
pour embrâser les montagnes, Madame d
Valvil s'était hâtée plutôt que de coutum

quitter sa couche, pour respirer l'air
licieux qui circulait dans le vallon que
uvrait encore l'ombre des monts d'alen-
ur. Elle ne fut pas plus étonnée que de
ouver déjà Mélina assise sur un rocher,
le les premiers rayons du soleil naissant
naient de colorer : elle tenait une de ses
ains appuyée sur son front, et sa poi-
ine paraissait oppressée par des soupirs.
adame de Valvil alarmée s'approcha
ucement de sa fille, prit sa main dans la
nne, et lui dit:
» Quelle est la peine qui peut ainsi
obscurcir le front paisible de ma fille ? »
élina, effrayée de se voir surprise, cher-
a à dérober une larme qui tombait de
ss ux, mais sa mère s'en aperçut et insis-
d vantage. Alors, d'une voix émue, Mé-
na lui dit: « J'étais bonne autrefois, mais
je ne le suis plus ; repoussez votre enfant
de votre sein, la haine et la jalousie com-
mencent à germer dans mon cœur: je
ne suis plus digne de vous appartenir.
Long-temps vos sages conseils m'ont pré-
servée des défauts que vous haïssez le
plus; mais à présent, ô ma mère, à

» présent je n'oserai plus me demander

» soir compte de mes pensées et de mes a

» tions, comme vous me l'aviez si souve

» recommandé : les sentimens qui s'éve

» lent dans mon cœur m'ôtent l'espe

» d'être désormais encore l'objet de v

» soins : » Ici Mélina s'arrêta ; un torre

de larmes ruisselait de ses yeux.

Madame de Valvil embrassa sa fille,

en la rassurant, elle lui parla ainsi : « M

» lina, ma chère Mélina aurait-elle d

» peines que sa meilleure amie dût ignore

» Non, sa tendresse pour elle lui donr

» des droits à son attachement et à sa cor

» fiance ; et dans le moment où le sort v

» décider du bonheur de Mélina, les cor

» seils d'une mère lui seront nécessaires

Mélina restait encore sans parler. Elle p

raissait craindre d'ouvrir son cœur à sa mèr

pourtant ces mots entrecoupés lui échapp

rent : « J'aimais Elisa, et j'étais si heureuse e

» l'aimant !... mais !.. — Pourquoi cette re

» flexion, ma fille ? Ne l'aimeriez-vous plus

» Quelle est la cause de ce changement ?

« O ! Elisa, Elisa, s'écria Mélina, qu

» vous êtes différente de ce que vous étiez

« et mon cœur... Qu'il s'y passe d'étranges
« choses ! Qui dois-je le plus accuser de
« nous deux ? Peut-être est-ce moi ; car
« lorsqu'Alfred est occupé d'Elisa, tous
« mes sens se glacent et un trouble invo-
« lontaire obscurcit ma raison. Elisa est
« si belle ! Alfred sûrement doit l'aimer
« plus que moi. Oui, ma mère, n'en
« doutez pas ; il doit l'aimer plus que moi. »
A ces mots, un trait de lumière vint frapper Madame de Valvil : elle sut cependant
cacher sa propre peine pour parler avec
calme à sa fille. Elle la pria, au nom de
l'amitié la plus tendre, de ne point s'abandonner à de si fâcheuses impressions, et
de conserver ce caractère de dignité, cette
noblesse d'ame qui seuls préservent le sexe
le plus foible des dangers d'un abandon
qui lui devient toujours funeste.

« Si Alfred ne vous aime pas, Mélina, vous
« devez vous efforcer de lui cacher vos sen-
« timens. Voudriez-vous lui inspirer de la
« pitié ? L'amour ne reçoit point de lois :
« toutes les tentatives pour le ramener à
« vous seraient vaines ; et il ne vous res-
« terait que le regret de vous être occupée

C

« long-temps de celui qui même ne croirait
« pas vous devoir de la reconnaissance pour
« des sentimens qu'il ne pourrait partager. «

Madame de Valvil , sortant de cet en-
tretien , était beaucoup plus affectée
qu'elle ne le faisait paraître. Après avoir
quitté sa fille, elle se laissa tomber sur un
banc, au fond d'un berceau , et, après de
si douces illusions dont l'avenir l'avait bercée , elle se vit tout-à-coup plongée dans
un dédale de maux d'où aucune puissance
humaine ne pouvait la tirer. Priver sa fille
de sa fortune ne lui paraissait pas une action
dictée par la justice. Cependant il lui
semblait qu'en mettant beaucoup d'ordre
dans ses affaires elle pouvait assurer le sort
d'Elisa sans nuire à celui de Mélina : mais
voir sa fille malheureuse lui paraissait le
comble de l'affliction ; et elle ne se sentait
pas assez de force pour la supporter. Tandis qu'elle se livrait ainsi à mille réflexions
pénibles, elle entendit quelqu'un approcher doucement du berceau où elle était
assise.

Alfred parut à ses yeux. Pour la première fois cette vue la troubla : il s'en

aperçut, s'en inquiéta , et lui en demanda
la cause. -- « Cette cause , mon fils , lui
« répondit - elle , siège au fond de votre
« cœur : vos sentimens doivent assez vous
« l'expliquer. »

Alfred resta interdit.

Elle continua : « j'exige que vous me par-
« liez avec franchise. Vous avez connu les
« vœux que forma celle à qui vous devez le
« jour. Vous savez que j'ai consenti à satis-
« faire son désir le plus cher ; vous con-
« naissez ma tendresse pour vous. Demain
« vous viendrez me parler ici , et vous me
« direz quelles sont maintenant les dis-
« positions de votre cœur. »

En se jetant aux pieds de Madame de
Valvil, Alfred s'écria : « Dès aujourd'hui
« prononcez ma condamnation ! Pardon-
« nez , pardonnez au malheureux Alfred !
« Chaque jour il se reproche tout ce que
« vous avez fait pour lui, et chaque jour
« apporte une nouvelle peine à son cœur :
« ce cœur qui doit vous être tout dé-
« voué, vous trompe ! Ah ! madame, croyez
« qu'il m'a trompé moi-même. Laissez-moi
« fuir loin d'ici. Du moins j'aurai la con-

« solation de me dire : celle qui t'a aimé
« comme son fils n'aura pas chaque jour
« devant ses yeux un objet indigne d'elle.
« Oui, je mérite toute votre haine ! Quel
« est l'homme qui n'aimerait pas avec
« passion votre charmante fille ; cette ex-
« cellente Mélina, qui rassemble autour
« d'elle tous les plus doux souvenirs de
« mon enfance ? Mais pourquoi le ciel
« a-t-il fait naître en moi un sentiment
« dont je n'ai pu éloigner le charme ? Pour-
« quoi deux objets que Dieu a formés pour
« plaire , en qui il a réuni toutes les per-
« fections qui captivent une ame tendre ,
« agitent-ils si différemment mon cœur ?
« Ah ! madame, ne m'accusez pas d'in-
« gratitude : lisez dans mon cœur, voyez-
« le à découvert, et vous jugerez si je suis
« coupable. »

Madame de Valvil fut vivement émue :
elle ne put cacher plus long-temps son émotion et ses larmes. Aussitôt elle se couvrit
la figure et se retira avec précipitation.

Alfred resta long-temps comme immobile à la même place : il ne reparut point
devant ses amis, et la consternation fut ré-

panduc dans la maison. Pourtant il vint
prendre le repas du soir ; mais on voyait
qu'il était agité vivement : il ne parlait pas.
Il eut de la peine à quitter la salle où se
trouvaient réunies les personnes qu'il aimait le plus au monde ; et lorsqu'il s'en
éloigna, il leur jeta un long et triste regard.

Le lendemain matin on apporta cette
lettre à Madame de Valvil.

LETTRE VIII.

Alfred à Madame de Valvil.

Des montagnes du Jura, le

MADAME,

JE vous quitte, je m'arrache de vos bras , et je suis dévoré par la tristesse la plus amère. Jamais je n'oublierai tout ce que je vous dois, et jamais je n'oublierai combien je fus indigne de vos bontés. O ! Madame , tous vos soins, toutes vos attentions pour le fils de l'infortune , pour le pauvre orphelin , se retracent maintenant à ma mémoire , et sont pour ce cœur qui vous chérit un fardeau insupportable. Oubliez , oubliez tout ce que vous avez fait pour moi , afin que vous ne me haïssiez pas ; oubliez le torts du malheureux Alfred, sans oublie Alfred, car il ne pourrait supporter la pensée que vous l'ayez tout-à-fait rejeté de votre sein.

Peut-être un jour.... Mais que dis-je!....
Oserais-je encore lever un seul regard sur
la tendre Mélina? Fuyons à jamais ces
lieux où la bonté m'a accueilli, où la tendresse n'a point calculé les richesses, où le
pauvre avait assez de fortune avec un cœur
aimant et des vertus. Adieu, Madame; je
vais entreprendre un long voyage. Vous
m'avez parlé un jour d'un proche parent
qui me restait encore dans ma patrie : je
vais le trouver et le prier de m'accorder sa
bienveillance ; et lorsque je serai assez heureux pour être à-même d'assurer un sort à
Elisa, je viendrai vous la demander. Elle
n'a aucune part à mes torts ; elle n'est point
coupable. La sagesse dont vous avez su or--
ner son esprit, ce noble sentiment de modestie que vous avez gravé dans son cœur,
l'ont toujours suivie partout, et l'homme
même qui serait aimé d'Elisa ne pourrait
se flatter d'avoir entendu de sa bouche
l'aveu qui le mettrait au comble du bonheur.

LETTRE IX.

Sophie à Adelme.

Bienne , le . . . .

Après la lecture de la lettre d'Alfred
Mélina se retira promptement, Elisa s'enfuit dans l'endroit le plus reculé de la forêt ,
et Madame de Valvil resta comme anéantie
à la même place.

Arrivée dans la forêt, Elisa donna un
libre cours à ses larmes. La solitude devait
seule être le témoin de ses plaintes et de
ses regrets ; mais peu de momens après,
elle fut distraite par la vue d'une jeune fille
qui vint s'asseoir au bord de la cataracte ,
et qui, accompagnée de l'harmonie du
torrent , chanta ces paroles :

Adieu l'objet de mes alarmes ;
Adieu l'objet de mes désirs !
Adieu séjour rempli de charmes,
Asile de mes doux loisirs !

Sans prononcer le mot je t'aime,
Mon cœur t'exprimait tous ses vœux :
Pour m'en punir, ta douce chaine
A jamais me rend malheureux.

Adieu ruisseaux, adieu prairies !
Echos, répétez-lui mon nom ;
Et dans ses douces rêveries
Rappelez ma triste chanson.

Dans la forêt sombre et sauvage
Surveillez-la, tendres zéphirs ;
Ne la quittez dans ce bocage
Que pour m'apporter ses soupirs.

Beau tilleul, prête-lui ton ombre,
Prends pour toi l'ardeur du soleil,
Et que ta branche la plus sombre
Garantisse son teint vermeil.

Près du torrent, vous jeunes hêtres,
Empêchez son pied de glisser :
Gardez-la moi, vallons champêtres ;
A vos soins je vais la laisser.

Elisa avait écouté ces paroles avec une
émotion difficile à exprimer ; elle s'approcha de la jeune fille, et lui demanda qui
lui avait appris cette chanson. Elle répondit naïvement : « c'est le jeune Alfred, qui
» m'a dit de vous la chanter chaque fois
» que je vous trouverai dans la forêt, assise

C.

» au bord du torrent, et j'aimerais mieux
» me faire gronder de vous, Mam'selle,
» que de ne pas faire ce que m'a ordonné
» le bel Alfred. » A ces mots, Elisa baisa
avec transport la jeune fille sur le front, en
lui disant : « oui! mon enfant, vous avez rai-
» son; n oubliez jamais de faire ce qu'Alfred
» vous a commandé.» Mais comme effrayée
de ce qu'elle venait de dire, elle reprit :
« écoutez, ma chère enfant, vous chan-
» terez lorsque je n'y serai pas: il ne m'est
» pas permis d'écouter cette belle chanson,
» et Alfred ne voudrait pas que vous me
» fissiez de la peine en m' la répétant. »

M. S.... allant visiter la famille de Valvil, se trouvait justement dans la forêt, et
venait d'écouter la romance et le discours
d'Elisa. Comme elle finissait de parler, il
parut tout-à-coup à ses yeux. Cette subite
apparition effraya d'abord Elisa, mais elle
ne tarda pas à se remettre; et en prenant
le chemin de la maison, il lui témoigna sa
surprise de ce qu'il venait d'entendre, et
des larmes qu'il lui voyait verser... « Ah !
» lui répondit Elisa, vous ne concevez pas
» jusqu'où va mon malheur: Alfred est

» parti ! et j'en suis la cause. Pourrais-je
» me pardonner d'avoir arraché un fils des
» bras d'une mère, et d'avoir ravi à Mé-
» lina celui qui devait être son époux !
» Où fuir ? Où me cacher ? Enseignez-moi
» quelques montagnes désertes où je puisse
» aller m'ensevelir ! Malheureuse Mélina,
» c'est moi..... c'est ton Elisa qui a porté
» dans ton cœur le germe de la première
» affliction. Faut-il que l'amitié soit la vic-
» time de l'amour ! Non ! Venez, Monsieur,
» cherchons Mélina, que je me jette à ses
» pieds pour lui demander pardon : j'irai
» loin d'ici, j'irai partout où elle m'or-
» donnera d'aller. J'étais heureuse, j'étais
» aimée ; elle aime et elle souffre : je veux ex-
» pier ma faute. Oh ! oui, je m'en punirai.»

En entrant dans la salle où se trouvaient
Mélina et sa mère, je fus le témoin de la
scène la plus touchante. La bonté, la géné-
rosité, le devoir, les sacrifices, se montrè-
rent à-la-fois sous le jour le plus vrai, et pré-
sentèrent à mon imagination l'image de
toutes les vertus.

Elisa confuse, consternée, osait à peine
lever les yeux : sa respiration était gênée.

sa charmante figure était inondée de larmes,
et c'est ainsi qu'elle se présenta, tremblante
devant Mélina, qui, appuyée sur une table,
paraissait entièrement livrée à des ré-
fléxions pénibles. Sa mère, triste et affligée,
s'était assise dans l'endroit le plus reculé
de la salle. Elisa vint aussitôt se jeter aux
pieds de son amie, et laissant tomber sa
tête sur les genoux de Mélina, elle lui dit
à demi-voix : « la voilà à vos pieds, celle
» qui vous afflige, Mélina ; où voulez-
» vous qu'elle aille pleurer sa faute ? » A ces
mots, Mélina se lève avec précipitation,
et serrant Elisa dans ses bras, elle lui dit
avec un ton plein de sensibilité : « Elisa,
» lorsque vous serez tout-à-fait heureuse et
» qu'il ne vous restera plus rien à désirer,
» alors vous nous quitterez si votre cœur
» vous le demande ; mais avant, je veux
» réparer les torts que j'ai eus avec vous. »
Ces paroles surprirent Elisa : elle regardait
avec étonnement celle qui lui parlait ainsi.
Mélina continua : « Oui, ma chère Elisa,
» j'ai eu des soupçons, de la jalousie ; je
» ne crains pas de convenir de mes
» fautes. Il me serait trop pénible de ne

» pas vous en faire l'aveu. Vous aimez,
» Elisa, vous êtes aimée, et vous méritez
» d'être heureuse. Soyez-la dès aujourd'hui.
» Madame de Valvil permet à sa fille de dis-
» poser d'une partie de sa fortune ; j'exige
» que vous l'acceptiez, Elisa : une lettre
» vient de partir pour rappeler Alfred. Le
» sort m'avait choisie pour faire son bon-
» heur, je le ferai en vous unissant à lui ;
» et lorsque je vous verrai heureux, le
» repos me sera rendu. »

A ces mots, Madame de Valvil se préci-
pita vers sa fille, la serra sur son cœur, et
lui dit : «Oui! je reconnais maintenant
Mélina : voilà une action digne d'elle. »

Elisa n'était point satisfaite ; sa figure exprimait la plus grande inquiétude : il ne
lui paraissait pas digne d'elle de souffrir que
son amie fît en sa faveur le sacrifice le plus
noble et le plus généreux, quoiqu'elle se
disait : « Jamais je ne pourrai oublier
Alfred. » Sa bouche prononça un refus
que son cœur rejetait : mais son amie per-
sista dans sa résolution. Cet effort généreux surpassait ses forces ; les combats
qu'elle avait à soutenir contre une passion

qu'elle avait vue croître avec elle, l'affectè-
rent au point que sa santé en fut altérée,
et qu'une fièvre ardente ne tarda pas à se
déclarer.

On désespéra long-temps de sa vie; les
soins seuls de sa mère et d'Elisa la sauvèrent
de ce premier danger, mais depuis ce jour
une fièvre lente ne la quitte plus, et je
crains bien qu'Alfred ne trouve la mort aux
portes où l'hymen l'attendait.

————

Ici M. S. ne put dévancer les événemens,
et Sophie continua ses lettres à Adelme.
Pour ne pas tromper le lecteur dans son
attente, je vais continuer à lui faire part
de ce que devint cette famille intéressante.

LETTRE X.

Sophie à Adelme.

Bienne, le . . . .

ELISA savait qu'elle était aimée : son amie
se plaisait à le lui répéter dans leurs con-
versations intimes, et toujours elle ajoutait:
comment aimerais-je encore tandis que j'ai
la certitude de n'être pas aimée ? Mes jours
seraient remplis de craintes et de regrets,
je rendrais trois êtres malheureux : n'est-il
pas plus sage d'éloigner de mon cœur le
reproche ? La peine ne sera pas longue, et
le reproche aurait duré toujours.

Elisa, à ces mots, ne put méconnaître
l'intention de son amie qui voulait faire
pressentir sa mort. Cependant elle avait

soin d'éloigner ces tristes pensées lorsque
sa mère était présente.

Elisa, en la serrant dans ses bras, lui
disait quelquefois : Mélina, jamais je ne
goûterai le bonheur que vous voulez si
généreusement me sacrifier : revenez donc
à la vie, pour rendre à vos amis un bien dont
la perte entraînerait la leur : ne pensez
jamais que mon amour pour Alfred puisse
survivre à la tendre amitié que vous avez
pour moi. Après vous, Mélina, plus de
bonheur... Exister ensemble, ou mourir
de regret.

Alfred n'avait reçu la lettre de Madame
de Valvil qu'à son arrivée à Marseille.
L'action généreuse de Mélina l'avait touché
vivement et avait réveillé de nouveau en
lui le remords le plus cuisant.

Non, écrivait-il, jamais, ô la plus
tendre sœur ; jamais je ne pourrai accepter
les dons que j'ai si peu mérités ! Laissez-moi
suivre le sort qui m'a égaré. Je dois obtenir
par des soins pénibles ce qui me sera nécessaire pour parcourir la route que je me
suis tracée. Après avoir osé aimer ce qui
n'était pas vous, je dois invoquer hum-

slement la capricieuse fortune que j'ai
rejetée : rien ne doit me paraître difficile ;
e dois tout souffrir après la certitude que
'ai que vous me pardonnez.

Celui à qui je suis lié par les nœuds du
sang est disposé à m'être utile ; mais lorsqu'on a été comme moi l'objet des tendres
soins de Madame de Valvil, et qu'on a joui
des dons que la vertu et le désintéressement
nous offrent, oh! qu'il est différent d'at-
teindre la fortune, qui échappe rarement
au vice, que la cupidité saisit, et que la
justice réclame !

Plusieurs mois s'étaient écoulés , et
Alfred n'avait point encore parlé de son
retour : enfin il l'annonça comme très-pro-
chain. Cette nouvelle porta la mort dans le
sein de Mélina. Avec beaucoup de peine
on avait jusqu'alors pu soutenir sa fragile
existence : la crainte de revoir Alfred , la
crainte de ne pouvoir soutenir sa vue sans
se livrer de nouveau à des regrets cuisans ,
et peut-être la crainte de succomber à un
autre sentiment qu'elle abhorrait, et qu'elle
avait si long-temps cherché à bannir de
son cœur ; ce sentiment si naturel à

l'amour malheureux, lui porta le dernie
coup.

Le ciel avait prononcé l'arrêt de Mélina
un Dieu de bonté lui promettait la récon
pense de tant de vertus. La perspectiv
d'une éternité heureuse semblait lui rendi
une nouvelle vie aux bords du tombeau.

Avant de porter ses derniers regards vei
les cieux, elle les tint constamment fixe
sur cette tendre mère qui l'avait guidé
avec tant de soin dans le pénible sentier d
la vie.

Elle avait enfin banni de sa pensée cett
passion malheureuse qui lui coûtait l'exis
tence, pour ne plus s'occuper que de l
douleur de celle qui lui avait donné le jour
elle-même cherchait à la conso'er et à l
préparer à la funeste catastrophe qui allai
la priver à jamais de sa vue : elle l'entre
tenait sans cesse du bonheur dont elle allai
jouir là où rien ne détruit plus le repo
d'un cœur aimant et sensible ; elle lui disai
avec émotion : « O ! la plus tendre de
» mères, adoucissez l'amertume des mo
» mens que j'ai encore à passer avec vous
» ne vous affligez pas ainsi... Que je voi

» encore paraître sur vos traits chéris,
» avant mon passage dans l'éternité, ce
» calme et cette douce joie qui toujours
» ont porté dans mon ame le paisible bon-
» heur qui m'a si long-temps fait aimer la
» vie. Mélina est restée digne de vous ; ne
» pleurez donc pas : elle n'a jamais méprisé
» vos sages leçons. Comme vous elle a aimé
» la vertu, comme vous elle aime son Dieu.
» Ainsi, n'en doutons pas, cette même puis-
» sance qui m'arrache de vos bras me
» rendra un jour la vie pour vous voir et
» pour vous chérir. »

Mélina parlait ainsi à sa mère jusqu'à ce
que la mort étendit sur elle sa main glacée.
Elle disparut de la terre, cette ange tutélaire
d'Elisa et d'Alfred! Infortunés amans, elle
n'est plus... et votre bonheur a fui avec
elle. Que vous restera-t-il? des regrets
amers, qui vous apprendront que l'on ne
peut être heureux lorsqu'on a causé le
malheur.

Le montagnard gémit, les échos ne redi-
sent plus que des sons de tristesse. Les
jeunes filles renferment leurs vêtemens de
fête pour s'envelopper d'un voile funèbre ;

un profond silence règne sur les montagnes :
on n'entend plus que le torrent qui mugit
sur le rocher d'où il se précipite avec
fureur ; on n'entend plus que les gémissemens du montagnard isolé qui va se réunir
au sombre cortége : les chants de joie ont
cessé sur la montagne.

L'épouse d'Alfred n'est plus ! disait une
voix sur la colline.

L'épouse d'Alfred n'est plus ! répétait
une voix dans le vallon.

Non, jamais ! redisait une autre voix,
jamais l'hymen ne couronnera ses vœux.
Non, jamais ! je le promets, prononçait
une voix entrecoupée par les sanglots.

Quelle rumeur tout-à-coup s'élève
dans le cortége de la mort ? il s'arrête.
Sur cette route même on interrompt ta
marche, paisible vierge de ces montagnes...
La vie veut encore placer des bornes pour
forcer la mort de s'arrêter quelques instans ; mais c'est en vain, il faut les franchir.

Alfred venait d'arriver et il avait de loin
entendu ces paroles : *l'épouse d'Alfred
n'est plus ! Non, jamais l'hymen ne cou-*

ronnera ses vœux! A ces mots une sueur
froide coula de son front. Il avait reconnu
la voix qui disait : *Non! jamais, jamais...*
Aux sons de cette voix, tous ses sens se
glacent ; il ne peut avancer, et, s'arrêtant
près de l'arche qui soutenait un pont sous
lequel l'eau se précipitait avec bruit, il
détourne la tête du spectacle déchirant
qui s'offre à ses regards : alors le cortége
passe lentement devant lui.

Elisa qui suivait le convoi pour rendre
les derniers devoirs à sa malheureuse amie,
Elisa voulait dans ce moment passer le pont ;
mais à peine son pied venait-il de s'y
arrêter qu'elle reconnaît Alfred ; elle jette
un cri, et tombe évanouie.

Le cortége s'arrête. Le cercueil est dé-
posé près d'Alfred, au moment où il s'est
élancé vers Elisa pour la relever de terre :
le corps baissé vers elle, les yeux fixés sur
les traits chéris de son amante, il avait tout
oublié, excepté le danger dont il la voyait
environnée ; et il n'avait pas vu ce qui se
passait autour de lui, jusqu'au moment où,
la soulevant dans ses bras, il apperçoit le
cercueil. A cet aspect, ses bras se roidissent ;

Elisa r'ouvre la paupière , se voit soutenue par Alfred, s'arrache aussi-tôt de lui, pousse des gémissemens , se jette le visage contre terre , embrasse avec transport le cercueil , et tombe immobile aux pieds d'Alfred. Déjà le cœur d'Elisa avait cessé de battre ; la douleur et le regret avaient épuisé les forces de son ame : elle n'avait pu dans le moment de son désespoir soutenir la présence de celui dont la perte avait coûté la vie à Mélina. Elle s'était promise de ne jamais lui appartenir ; et maintenant c'est lui qu'elle rencontre aux portes du trépas.... Quel moment pour l'être sensible qui depuis long-temps combat une première et vive passion , qui n'en fait le sacrifice que par un devoir que la sévère raison commande à son cœur!... O !Elisa, qui pourrait décrire tout ce qui se passait dans ta pensée au moment terrible où la mort se répandait sur tous tes traits , au moment où de cruelles réflexions brisaient les fibres de ton ame; au moment enfin où la mort vint glacer tes sens et trancher le fil de ta vie !

Alfred veut l'arracher de ces lieux; mais

ue devient-il ?... O Dieu ! quel est son
ffroi !... Un frisson coule dans ses veines...
artout la mort l'environne : elle se pré-
mte à lui sous les formes les plus effrayan-
:s... Il l'implore... Il l'appelle à son se-
ours... Il voudrait pouvoir descendre dans
même tombe ; mais c'est en vain : il faut
u'il vive pour mourir mille fois sous le
oids de sa douleur.

Et toi, mère tendre et sensible , où vas-
1 cacher ton désespoir? L'on ne t'a pas
ue sur les bords du torrent ; tu n'es point
enue sur les rives de la mort où tes enfans
nt tous été moissonnés.

Dans la retraite la plus sauvage on te
trouve enfin , et l'on t'apprend cette fu-
este nouvelle. Peu de momens te restent
ncore à vivre : tu ne pourras supporter ce
ruel isolement.

Alfred fuit dans les montagnes les plus
ésertes ; il n'ose revoir la mère à qui il a
out ravi.

Plusieurs jours s'étaient passés sans qu'on
ut pu découvrir sa retraite : il s'était ca-
hé à tous les yeux ; mais il n'oubliait
oint celle qui lui avait donné tant de

marques d'affection. Il était la cause
tous ses malheurs : cette pensée le jeta
dans un trouble inexprimable. Il n'espéra
pas de pouvoir obtenir son pardon. Cepe
dant il voulait encore lui écrire une seu
fois , et puis s'éloigner d'elle à jamais.

Madame de Valvil reçut de lui cet
lettre :

LETTRE XI.

Alfred à Madame de Valvil.

Montagnes du Jura, le . . .

L'INFORTUNÉ! s'il avait osé se jeter à vos pieds, embrasser pour la dernière fois celle qui lui a prodigué de si tendres soins, qui pardonnait ses erreurs et qui, malgré ses défauts, lui accordait sa tendresse! S'il avait osé, l'infortuné!... Oh! s'il avait osé verser des larmes dans le sein maternel... des larmes amères.... bien amères!... Mais quel est l'espoir qui m'anime? Jamais, non jamais! il ne lui sera permis de paraître devant celle à qui il a enlevé plus que la vie!

Il avait oublié vos bienfaits, les vœux de sa mère mourante, les promesses de celle qui vit encore pour pleurer ses sacrifices généreux; tout, il avait tout oublié! vos regrets et vos larmes ne l'avaient pas touché; il ne mérite plus votre pardon. Les déserts les plus sauvages vont être désormais son refuge; là, seul avec sa douleur, il va se livrer à des regrets dont la mort seule pourra enfin tarir la source.

D

~~~~~~

LETTRE XII.

Sophie à Adelme.

Bienne, le . . .

Voyageur! toi que charme le silence des profondes solitudes du Mont-Jura, toi qui viens gravir ces hauts lieux, parcourir ces vastes forêts pour interroger la nature dans ses replis les plus cachés ; si tu viens chercher les plantes rares que la terre ailleurs dérobe à tes regards ; sur ce sol riant et désert qui se flétrit et se renouvelle sans que des pas indiscrets le foulent indifféremment, tu trouveras peut-être sur ta route le fugitif Alfred caché sous les simples vêtemens d'un montagnard et assis sur les bords des cataractes qu'un sauvage aspect environne, ou tu le trouveras gravissant, à la lueur des étoiles, la roche escarpée pour se nourrir de la connaissance

des cieux, ou pour calculer l'influence des
astres sur le globe où il traîne ses ennuis
et ses tourmens. Sa taille est élevée, ses
traits annoncent la noblesse de ses sentimens ; mais la douleur a effacé le feu qui
brillait dans ses yeux, et sa figure porte
l'empreinte d'une sombre mélancolie : si
tu le rencontres, voyageur sensible, parle-
lui avec douceur, cherche à l'entraîner
sur tes pas, pour le ramener dans les bras
d'une mère qui le plaint et qui lui pardonne.

————————

Tels sont les vœux, mon cher Adelme,
que forme Madame de Valvil : puisse-t-elle
retrouver l'infortuné dont la faute involontaire entraînera leur perte !

LETTRE XIII.

Sophie à Adelme.

Bienne, le . . . .

Venez, souvenirs de ma jeunesse, venez doux plaisirs de mon enfance; guidez aujourd'hui ma main, faites parler mon cœur. Que mon ami vous entende comme vous me parliez alors !

Et toi, tendre amitié, conduis mes pas dans ce sentier tortueux, où ma naïve et folâtre pensée se plaisait alors à errer. Conduis ma main ! Qu'elle montre à l'amour ces rochers, cette colline, ce noyer touffu, non loin de la vieille église environnée d'ombres, où j'aimais à rêver le soir.

Le voilà encore ce petit banc où je venais me reposer, pour voir fuir, à travers les branches de mon noyer chéri, les derniers rayons du soleil. Ici, pour la première fois, la sérieuse méditation s'est mêlée à mes pensées; ici, pour la première fois, des émotions tristes et douces se sont glissées dans mon ame. Oui! c'est-là, à travers ces

tilleuls et ces maronniers, que je voyais
la lune se balancer sur la feuille tremblante:
alors la contemplation d'une belle nuit me
plongeait dans l'extase, et ma pensée cherchait l'infini.

Tous les objets qui rendent aujourd'hui
mon illusion parfaite sont encore placés
comme ils l'étaient.

Asseois-toi là, Julie, sur ce vieux mur
chargé de mousse et de lierre ; appuye-toi
contre le tronc du grand noyer : alors je
croirai encore voir en toi cet aimable enfant qui aimait à suivre mes pas. Sur ce
petit banc je réserve une place pour notre
bonne mère. Elle va venir chanter avec
nous les hymnes du soir de Gellert à la
Divinité ; elle va venir nous parler de raison. Je comprends mieux le sens de ce mot
maintenant : en suis-je plus heureuse ? En
suis-je plus sage ?

La voilà, elle vient: je vois déjà l'ombre de son chien errant sur la pelouse.

Venez, venez, ma mère ; voilà votre
ancienne place sur le petit banc où vous
donniez des leçons de sagesse à vos filles.
Redites-nous ce soir ce que vous nous disiez

il y a déjà si long-tems : je veux être tout-
à-fait enfant aujourd'hui ; je veux être heureuse comme je l'étais alors. Voilà tous ces
mêmes bruits de l'ancienne nature autour
de nous. L'homme de la campagne fait retentir sa faulx sous le fer qui l'aiguise ; les
jeunes villageois mettent leurs voix à l'unis-
son , et chantent en chœur les plaisirs de
l'Helvétien ; les oiseaux , cachés sous le
feuillage , ne font plus entendre qu'un ga-
zouillement confus ; le chien vigilant de la
maison rustique aboie après les ombres qui
fuient dans le vallon , et après le bruit du
vent qui gémit à travers le tremble à la feuille
argentée ; ce ruisseau , au pied de ce vieux
mur , bat comme autrefois ses petits flots
à travers ces vieilles brèches que le temps a
creusées : chacune de ses vagues semble
porter à mon oreille un son différent. Mon
imagination les saisit , les rassemble et en
forme une douce mélodie.

Oh ! je me souviens du jour où je croyais
quitter mon noyer chéri pour long-temps ;
je lui faisais de si tendres adieux , en lui
disant : donne tes fruits à d'autres , mais
garde-moi tes ombres. Aimable solitude

noyer chéri, que de charmans souvenirs vous me retracez!...

Que sont devenus ces jours où l'on plaçait, à l'ombre de mon noyer, une grande table autour de laquelle ma nombreuse famille venait s'asseoir pour prendre un repas que la gaîté et le charme de l'union assaisonnaient! Un groupe de petits enfans était autour de leurs vieux parens. Un père mettait à ses côtés son fils, l'autre sa fille aînée, et le contentement brillait dans tous les yeux : les mères indistinctement corrigeaient les enfans. On eût dit que tous n'avaient qu'une mère ; et lorsqu'on faisait trop de tapage dans le groupe joyeux, les grands parens, avec un regard plein d'amitié, mais sévère, imposaient silence. La récompense du plus raisonnable était de pouvoir se placer à table. Alors quelle joie ! Quel contentement!... Lorsque cela m'arrivait, je croyais avoir de la raison plus qu'il n'en fallait pour le reste de mes jours ; et le soir, avant de m'endormir, je me répétais encore : Que je suis heureuse! J'ai enfin eu ce qu'on me demande depuis si long-temps.... de la raison !

LETTRE XIV.

Sophie à Adelme.

Île de St.-Pierre, le . . .

Une nouvelle aurore apporte à l'ami de la nature de nouveaux plaisirs. Aujourd'hui, mon Adelme, le soleil s'est levé rayonnant de volupté, comme l'époux qui sort des bras de son amante : de ses célestes clartés l'astre du jour caressait la terre jonchée de fleurs et de verdure ; et de ses mille feux le lac étincelait à notre vue.

C'est-là le jour, m'écriai-je, qui m'appelle à l'île de St.-Pierre ; c'est-là ce jour si désiré.... Mes amis à ces mots se hâtent, s'empressent de partir, et bientôt nous voguons doucement sur ces flots qui, tant de fois, ont caressé de jeunes appas, et qui semblaient tressaillir sous la pression de la barque légère. Bientôt je pouvais répéter ces vers d'Adelme :

Voilà cette île de St.-Pierre,
Cette île si chère à Rousseau. (*a*)

Pourquoi celui que j'aime n'est-il pas
ici, me disais-je, lorsque je posais le pied
sur cette terre enchantée? Pourquoi ne
peut-il respirer l'air que je respire, sentir
avec moi tout ce que je sens, et partager
les émotions qui ravissent mon ame? Divine
puissance! vous qui avez placé sur le globe
ce point de terre qui captive et charme
l'attention du rêveur solitaire, faites couler
de mes lèvres des paroles qui peignent le
sentiment que j'éprouve en revoyant une
des plus belles œuvres de la nature. Rien
d'aussi joli, rien d'aussi beau, rien d'aussi
parfait que cette île. Ici l'amant de la nature ne refuserait point l'immortalité,
comme Ulisse dans l'île de Calipso... Mais
il était séparé de sa Pénélope et de Télé-
maque.... et moi, j'ai mon Adelme qui erre
loin de moi sur des rives étrangères. Pour
lui, je refuserais l'immortalité, même dans
l'île de St.-Pierre.

Mais pour que mon ami me sache gré
de ce sacrifice, continuons à lui peindre
ce charmant séjour, où l'on serait tenté
de dire: *ici je veux vivre, ici je veux
mourir.*

D.

Je parcours des bosquets de verdure, des allées sombres ; j'arrive sur le haut de l'île. Tantôt je cours, je vais, je viens ; tantôt je m'arrête près d'un objet que j'abandonne pour me reporter vers un autre ; enfin, je me fixe sur ce banc placé sous cette voûte de feuillage. Ici je vais peindre à mon ami tout ce que mes regards embrassent.

Un monde d'objets formés par une main puissante se découvre du point où je suis assise.

A ma gauche, s'étend l'immense chaîne des Alpes, que le soleil teint de pourpre et d'or. A ma droite, s'élève le terrible Jura, qui se prolonge aussi loin que l'œil peut voir, jusqu'auprès des rives où l'on a élevé à la gloire de Gessner un monument d'amour et de reconnaissance, un monument dû au chantre aimable dont la douce fiction charme encore nos loisirs.

Jura! beau et terrible Jura! où emprunter un pinceau capable de peindre tout ce que tu renfermes de grand et d'utile ? Ta tête échevelée, couverte d'une verdure qui ne se flétrit jamais, semble défier la foudre

qui la sillonne et la tempête qui grossit
les torrens blanchis qui coulent de tes ma-
melles ! Colosse majestueux, ici tu étales
ta magnificence : à tes pieds, le lac va briser
humblement ses flots et tes antres mur-
murent sourdement. Lorsque l'île et les
campagnes retentissent des cris de joie, tes
mille voix les répétent, et tu parais t'animer au milieu d'un monde plein de vie.

Ici tu laisses la vigne s'étendre mollement
sur ton sein : là, tu permets au laboureur
de fouiller la terre qui couvre tes rocail-
leuses entrailles. Partout une foule de
maisons et de chaumières s'élèvent sur tes
rochers, et les ruines qui se penchent sur
toi, semblent sous ton abri bienfaisant
braver le tems qui les menace. Jadis, autour
de toi, tout était vie, tout était bonheur !
Mais ne nous arrêtons pas aujourd'hui aux
événemens qui ont porté la discorde sur tes
tranquilles hauteurs, qui jusqu'alors n'a-
vaient encore connu d'effrayant que le bruit
des tonnerres, la fureur de tes cataractes,
et les mugissemen du taureau irrité qui
parcourt d'un pas rapide et d'un regard
enflammé tes collines verdoyantes.

Maintenant mes yeux se détachent du Jura pour parcourir l'espace qui se déploie devant moi. Au-delà de cette plaine éblouissante où se balancent doucement des flots argentés , mes regards satisfaits se reposent sur des vallons fertiles , sur des collines où le moissonneur recueille le fruit de ses peines , et sur de vastes forêts dont le mouvement cadencé , lorsqu'elles sont émues par un vent frais , ressemble au loin à la mer qui , dans un jour serein , soulève sous un horison rembruni ses vagues souples et arrondies.

A ma gauche , au levant , je contemple ce riche canton , qui , sous l'influence d'un gouvernement doux et éclairé , versait l'abondance sur son peuple , et qui , dans de sages lois , lui enseignait à aimer Dieu , la patrie , la justice et l'équité.

Je reporte mes regards sur un point plus rapproché : là , je vois la Suse , rivière abondante et superbe qui arrose une partie de ce canton , offrant à l'œil des points de vue tantôt pittoresques et tantôt sauvages. Je la vois au loin former une presqu'île du bailliage de Nidau , baigner les antiques tours du château, descendre dans le lac de Bienne, confondre ses eaux avec les eaux du lac, pour aller se jeter dans le lac de Neufchâtel, qui communique avec celui de Bienne par un riche canal dont la Neuve-ville a la perspective, et d'où s'étendent, des deux côtés du lac, une chaîne de maisons, de bourgs, de villages et de hameaux.

Mais laissons tout ce qui n'est pas toi, charmante île de St.-Pierre : tu renfermes tout ce qui peut charmer la vie et tout ce qui peut plaire au goût. Semblable à la déesse qui préside aux moissons, tu as le sein gonflé pour répandre l'abondance. Comme les cheveux blonds de Cérès flottent autour de sa taille pleine de majesté, ainsi les pampres dorés par le soleil flottent autour de toi, lorsque le vent de la montagne les caresse doucement. Les hauts arbres qui s'élèvent sur ta verte colline saluent, au souffle des zéphirs, la surface des eaux, et le nautonnier, sous leurs ombres que balancent les flots du lac, jouit d'une douce fraîcheur.

Tu es plus belle encore, charmante île de St.-Pierre, lorsque l'aurore étend sur

toi ses torches dorées, et que le cristal de
tes eaux se sillonne de feu. Alors tes vergers ont une plus belle verdure, les
fruits qui y croissent ont un parfum plus
délicieux, et tu sembles avoir une ame qui
se communique à l'ame de celui qui est
pénétré de tes charmes. Quel point dans
le monde est aussi joli que toi, petite île ?
Soit que je me plonge dans l'eau qui bat
tes rives, soit que je me mire dans tes
claires fontaines, que je m'étende sur tes
vertes pelouses, ou que je goûte la fraîcheur
de tes bois ; toujours ton influence sur mes
sens est la même : elle me charme, me ra-
vit et m'étonne.

Lentement je vais suivre ces bords, afin
de prolonger le trop court ravissement
dont l'homme est susceptible. Combien le
silence qui règne ici l'augmente encore ! Je
n'entends que le bruit de la vague qui meurt
sur la roche isolée, et le vent qui froisse le
feuillage ; les astres de la nuit, qui de leurs
pâles clartés vont environner les montagnes, me trouveront seule avec Dieu et la
nature.

Le sommeil descend du haut des cieux

sur l'univers. Je n'invoque point ses faveurs
pour cette nuit. Puissent les heures qui de
leur cours rapide effleurent le monde, ralentir leur vol afin que la méditation enveloppée de son voile mystérieux, trouve
un instant propice pour me suivre dans le
silence des nuits, au milieu des objets qui
vont charmer mes rêveries.

Les ombres enveloppent l'univers; les
Alpes couronnées de glaces perdent lentement, sous un horizon rembruni, leur aspect rayonnant; un rose pâle a pris la place
du pourpre éclatant qui tantôt se jouait
encore sur leurs orgueilleuses cîmes.

Voilà cet instant qui ne respire que volupté, cet instant qui sépare la nuit du
jour, où les ombres luttent avec la lumière,
et où le soleil d'un dernier regard embrasse
le monde.

Là, sous le feuillage mouvant, sur le petit
banc où Rousseau rêva délicieusement; là,
je vais suivre les progrès des ombres, et
jouir du réveil de la lumière.

Mais qu'entends-je? une voix vient in-
terrompre ce silence qui me remplit d'un
charme secret! Dans ce lieu, à cette heure?..

Est-ce quelqu'un que le même attrait attire
ici? Je me lève, je m'approche, je prête
une oreille attentive, et j'entends bientôt
ces paroles:

» Le soir d'un beau jour s'évanouit en-
« core sur cette tombe; et celui qui aurait
« donné mille vies pour vous ne peut
« mourir! »

Oh! l'infortuné! me disais-je tout bas,
il a sûrement perdu tout ce qu'il aimait;
et dans ce lieu solitaire, refuge de la douleur, il vient se plaindre de sa destinée.

J'avançai dans l'épaisseur du bois, où
bientôt la faible lueur d'une lampe suspen-
due au large tronc d'un chêne vint frapper
ma vue: je suivis sa clarté vacillante à travers la sombre verdure.

Le tombeau et la mort vont encore être le
sujet de mes entretiens avec Adelme: pour
quoi craindrais-je de m'en occuper, puisque c'est par-là que nous devons tous finir?

Un auteur charmant nous dit: «(b) La
« vue d'un tombeau n'apprend-elle donc
« rien? Si elle enseigne quelque chose,
« pourquoi se plaindre? »

LETTRE XV.

Sophie à Adelme.

Ile St.-Pierre, le . . .

Je m'étais approchée de l'endroit qui avait été l'objet de ma curiosité, et là un simple monument fixa mes regards.

Deux touffes d'arbres verds inclinaient artistement leurs rameaux et formaient une masse de colonnes qui, en s'arrondissant, offraient l'aspect d'un portique de verdure, à travers lequel s'étendait la vue sur le lac. Autour de ces arbres, les broussailles étaient élaguées, et des fleurs recouvraient le sol. Un homme était assis sur un banc de gazon, devant le chêne où brûlait la lampe.

Sur un marbre posé contre le tronc du chêne, et caché à demi par des touffes de fleurs, je lus ces mots qui y étaient gravés :

(c) « *Arrête, voyageur, tu foules un*

« *héros.* » Et plus bas : « *Prosterne-toi,*
« *femme ; elle était le modèle de ton*
« *sexe.* »

Je mis un genou en terre, et je prononçai
ces paroles : « *ils s'éveilleront pour l'im-*
« *mortalité !* » A ces mots, l'étranger se re-
tourna, me fixa d'un air étonné, et me dit
d'un ton douloureux mais calme :

» Oui, rends-lui hommage : elle était la
« fille d'un homme de bien, et elle a été
« chercher là-haut le prix de la vertu. »

Je fus frappée du son de cette voix,
elle ne m'était pas inconnue ; et lorsque
les pâles rayons de la lumière éclairèrent
les traits de l'étranger, je crus le recon-
naître. Il me fixa avec la même attention, et me dit : — Me tromperais-je ?
N'est-ce pas vous, Madame, qui avez
échangé votre patrie pour une patrie
étrangère, et qui, pour suivre un époux,
avez entrepris de longs voyages ? N'est-
ce pas vous qu'on a aimée, et qu'on aime
toujours en Argovie, dans la maison du
respectable H...? Là, tout était encore
bonheur pour nous, rien ne troublait la
sérénité d'un beau jour, rien n'inter-

rompait les simples jouissances de l'Helvétien.

Oui, c'est moi , lui répliquai- je , et jamais mon cœur n'a cessé de caresser ces doux souvenirs: il est ému par la tendresse et par la reconnaissance , lorsqu'il se retrace les momens pleins de charme qu'il a goûtés au sein d'une famille où règnent encore les anciennes mœurs de l'Helvétie , où la douce et franche amitié n'est jamais soumise au changement, où la parole est la vraie image de la pensée et de l'intention qui lui donne l'essor , où le sentiment d'aujourd'hui sera encore le sentiment de chaque jour : ni l'absence , ni la fortune n'en disposent. Là, le cœur se nourrit de vérité et de constance. Je dois à ces bons amis mes plus vives , mes plus douces affections du jeune âge. Ainsi vous pouvez juger combien leur souvenir m'est cher.

Mais vous , quel événement funeste vous retient prosterné au pied de cette tombe ? Quelle est la peine qui vous a privé de la gaîté qui vous animait alors ? Pourquoi ces grossiers vêtemens filés par la plus pauvre fille du hameau? Parlez, Gothard, que je ne vous inspire pas de crainte : jamais je n'ai cessé d'être l'enfant le plus dévoué de l'Helvétie. Moi aussi j'ai pleuré et je pleure encore les malheurs de ma patrie.

—Ah! Sophie, pourquoi voulez-vous être instruite de nos infortunes? pourquoi vous affliger dans le moment où tous vos amis sont heureux de vous posséder?—Gothard, celle qui ne sait que se réjouir avec ses amis, celle qui ne sait point pleurer avec eux, n'est pas digne d'être aimée : c'est une fille que la patrie doit rejeter de son sein.

—Parlez, Gothard ; soulagez votre cœur affligé par un récit fidèle de tout ce que vous avez souffert, et nos larmes se confondront sur la tombe où git votre bonheur passé.

A ces mots Gothard soupira profondément et dit :—Eh! bien, je vais donc une fois encore m'en souvenir de ces jours heureux et de ces jours plus malheureux encore!... Jours de douleur! Jours affreux où l'humanité cessa d'exercer son empire

dans ces paisibles contrées ! Ciel, prête-moi
la voix effrayante que tu nous fis entendre
alors. Semblable à la foudre, elle ébranlait
les hautes montagnes, et portait le trouble
dans le cœur du pâtre solitaire. Semblable
à l'ouragan, elle volait de contrée en contrée
et soulevait les fleuves solitaires après avoir
bouleversé les eaux du Léman. Déjà Berne
était menacé d'une destruction prochaine.
Alors le brave et loyal Rodolphe écrivait à
son ami Hans de Schwitz !

« Accourez, braves alliés. »

« Hans de Schwitz, nous rendrons la
« paix à la patrie, ou nous mourrons en-
« semble : voilà le but de deux braves
« élevés à l'ombre des montagnes. » Lorsque Hans de Schwitz eut fini de lire ces
mots il appela son fils alors âgé de vingt
ans, et il lui adressa ces paroles :

» Le temps est venu, Godefroi, ou tu dois
« te souvenir que tu es le fils de Schwitz.
« Voilà l'instant où mes conseils te seront
« utiles. Rappelle-toi ces mots que je t'a-
« dressai si souvent : »

» Il viendra un temps où chacune de tes
« actions devra être dirigée par la sagesse et

« par la valeur : crains Dieu, aime la patrie
« et rends-toi digne du nom que tu portes.»

« Maintenant, suis-moi sur le haut de
« cette tour depuis si long-temps l'objet de
« ta curiosité ; viens apprendre là ce que
« vaut le nom de Schwitz, et comment se
« comportèrent nos ayeux. »

Le jeune Godefroi déjà plein de zèle et
d'ardeur, plus animé encore par les paroles
de son père, saisit avec empressement la
grande clef de la tour du nord que Hans lui
présentait, et ils montèrent aussitôt les
degrés poudreux de la tour, dont les marches sombres et étroites inspiraient déjà
aux deux guerriers des pensées qui les
reportaient vers les temps reculés.

Godefroi, rempli d'impatience, était arrivé avant son père près de cette lourde et
mystérieuse porte où il était si souvent venu
s'asseoir, rempli du désir de connaître tout
le merveilleux que cet endroit contenait.
Lorsque le vent du nord battait la vieille
tour, les sifflemens des autans étaient pour
Godefroi des voix étranges qui lui inspiraient une secrette terreur : il était alors à
cet âge où l'imagination, par ses peintures

gigantesques, amuse la pensée, et dont le souvenir nous fait sourire doucement lorsque la raison nous montre enfin la réalité.

Arrivé près de la porte, Godefroi se rappela les différentes émotions de son enfance; et il se réjouit dans ce moment d'être en possession de cette grande clef qu'on lui avait si long-temps refusée.

Lorsqu'il ouvrit la porte, sa vue fut frappée par une infinité d'objets qui fixèrent son attention. Des armures, des casques, des lances, des arcs et de larges épées tranchantes étaient suspendues aux murailles.

D'un ton solennel, Hans dit à son fils: approche ici, soulève cette épée, abaisse-toi devant elle et rends-lui hommage; c'est celle dont (*d*) Walter Furst d'Uri s'est servi pour délivrer la patrie du joug étranger. Tombons à genoux et implorons les manes des braves dont nous considérons ici la dépouille. Godefroi, j'attendais le moment où la patrie t'appellerait à son secours pour offrir à ta vue un spectacle digne d'animer ton ardeur, et de fortifier en toi ce courage dont ces héros nous ont offert le parfait modèle.

Tandis que Hans parlait ainsi, Godefroi avait parcouru des yeux l'enceinte où il s'était prosterné. Il voyait partout de vieilles images, des bustes mutilés, parmi lesquels il avait remarqué un portrait qui fixa long-temps ses regards ; enfin il demanda quelle était cette femme qui avait tous les traits de la perfection. Son père lui répondit : l'Helvétie heureuse te la promettait pour épouse, mais l'Helvétie en danger doit éloigner de toi cette pensée... — Pourquoi, répliqua Godefroi, si c'est une femme à laquelle je puis prétendre, avez-vous relégué son image parmi celles des siècles passés ?

— J'ai voulu en ce lieu même te montrer par quelle voie il t'est permis d'arriver au bonheur. Celui qui voudra posséder cette vierge doit s'être distingué par sa valeur ; et, s'il veut en être aimé, il doit conserver la paix à sa patrie. Deux événemens t'attendent : la mort, ou le bonheur. Ne cherche pas à éviter l'un pour parvenir à l'autre ; je te le dis, ton but serait manqué.

A ces mots, Godefroi sentit déjà les feux de l'amour et de la gloire circuler dans se-

veines, et il s'écria d'un ton véhément : non,
Godefroi n'oubliera jamais la leçon que vous
venez de lui donner : déjà il sent le charme
du prix que vous lui promettez... Mais que
fallait-il de plus pour animer mon courage,
que de prononcer devant moi le nom de
Schwitz ?

— A ton âge, Godefroi, on est susceptible
des plus vives impressions : si je ne me
trompe, celle que tu viens de recevoir doit
à jamais rester gravée dans ta mémoire.
J'ai ménagé à ton cœur les émotions auxquelles l'homme ne doit pas pouvoir résister, la gloire et l'amour ; et dans les momens
d'un danger pressant, il est nécessaire
d'exalter l'imagination qui long-temps est
restée oisive.

C'était en vain que Godefroi cherchait
à savoir où était celle dont l'image venait
de le frapper si vivement : il faisait des
questions auxquelles son père évitait de
répondre. Hans lui ordonna de se préparer
au départ.

E

LETTRE XVI.

Sophie à Adelme.

Ile de St-Pierre, le . . . .

Hans de Schwitz avait fait avertir les braves de son canton, et dès le point du jour il me dit : Gothard, il est temps de partir ; c'est peut-être pour la dernière fois que nos regards pleins d'amour et de regrets (*e*) fixeront Schwitz, ce berceau si long-temps révéré de nos fidèles.

Je cherchai à éloigner de la pensée de Hans ces sinistres pressentimens, quoique mon cœur ne fût point exempt de crainte : il y avait si long-temps que de grands dangers nous menaçaient.

Lorsque nous quittâmes Schwitz, Hans s'arrêta quelques instans, éleva les mains au ciel, fixa des yeux remplis de larmes sur le lieu de sa naissance, et me dit : Gothard, si tu restes après moi, sois toujours l'ami et le soutien de mon fils. Je pris sa main et la serrai dans la mienne ; et, gardant un profond silence, nous passâmes les montagnes de Schwitz : elles venaient d'être éclairées par les premiers rayons du jour, et notre pays natal parut plus beau que jamais à nos yeux.

Nous arrivâmes à Berne où régnaient encore la paix et le bonheur. Les habitans, pleins de sécurité, ne prévoyaient pas un avenir dont l'aspect effrayant remplissait déjà en secret le cœur du magistrat de crainte et de terreur.

Hans de Schwitz en serrant dans ses bras le respectable Rodolphe son ami, son ancien frère d'armes, lui dit en lui présentant Godefroi : voilà mon fils, brave Rodolphe. Je demande pour lui vos sages avis ; conduisez-le dans le chemin de l'honneur.

Rodolphe en embrassant le jeune Godefroi, lui répéta ces vers de Haller :

Die eintracht slägt den feind.
Wenn bruder unsere macht, sie liegt in unserer treu ;
O werde! sie noch jezt, bey jedem bürger neii.

Après ces paroles il nous introduisit dans

la salle où était sa fille Héléna : elle était
occupée à filer le lin dont le tissu devait
orner la table de son père.

Comment vous peindrais-je la surprise
et la joie de Godefroi lorsqu'il vit en
Héléna ce beau modèle dont la copie déjà
lui avait fait une si vive impression ? Il resta
comme enchaîné au milieu de la salle. Hans
s'aperçut du trouble de son fils : ce fut
avec plaisir qu'il vit naître dans son cœur
ce premier sentiment de l'amour d'où dé-
coulent souvent de belles actions et de
nouvelles vertus.

Héléna tenant son fuseau et sa que-
nouille, ressemblait à la belle Omphale
dont Hercule devint si épris.

La fille de Rodolphe rougit en voyant
Godefroi : ce n'était pas la première fois
qu'elle voyait ses traits, car une émotion
trop vive la trahit à nos yeux.

Rodolphe et Hans s'étaient, à l'insçu de
leurs enfans, envoyé le portrait de Godefroi et d'Héléna. Voulant un jour les unir,
ils avaient d'avance cherché à juger de
l'impression que ferait sur leur cœur une
vue qui devait faire naître un sentiment si

doux. Jusqu'à ce jour on avait laissé
ignorer à Héléna, comme à Godefroi, le
nom de la personne dont l'image lui présentait un charme auquel elle ne cherchait
pas à résister, le croyant sans danger pour
son cœur. Ainsi Héléna entretenait en
secret une passion qu'elle ne connaissait
pas encore ; et lorsque Godefroi parut à sa
vue, surprise tout-à-coup par la certitude
que c'était lui qu'elle aimait, elle baissa les
yeux et resta interdite.

Hans bientôt s'éloigna avec son ami et
lit, en jetant un regard de satisfaction sur
Godefroi et Héléna : « Notre but est rempli ;
mais que deviendra ce bonheur que nous
nous promettions en unissant nos enfans ?
—C'est sur quoi nous n'osons arrêter notre
attention maintenant, lui répondit Rodolphe ; d'autres soins vont nous occuper.
Nous nous étions flattés de régler l'avenir,
mais une main puissante s'appésantit sur
nous et nous montre le néant des calculs
de l'homme et la témérité de ses vains
projets. »

« Le danger s'approche, et nous ne pour-
rons point opposer à l'ennemi un nombre

« égal de guerriers. Tel qu'une nuée char-
« gée de foudres, on le voit planer sur le
« haut des montagnes, observer nos dé-
« marches et se rire de ces formidables
« remparts de neige et (f) de glace qui jadis
« arrêtèrent les premiers conquérans de
« la terre. »

« Hans, tu sais que le danger ne m'a
« jamais effrayé; mais aujourd'hui la sécu-
« rité ne règne point dans mon cœur : de fu-
« nestes pressentimens l'agitent. J'ai peine
« à me persuader que nos efforts puissent
« nous sauver de la mort; ou, ce qui est
« mille fois plus terrible, de l'esclavage. »

« Lorsque Berne sera pris... Hans, nous
« aurons cessé d'exister! Ce que le petit
« nombre ne pourra faire, notre courage
« y suppléera. »

« Mourir n'est rien lorsque la patrie a
« cessé de nous appartenir. »

« Il ne me reste plus qu'une peine après
« celle de voir nos paisibles foyers envahis :
« et cette peine, Hans, rendrait, s'il était
« possible, mon cœur pusillanime. De vives
« alarmes diminuent quelquefois notre
« confiance dans les décrets du très-haut

« c'est une preuve de la faiblesse humaine,
« car Dieu ne sera-t-il pas le même jusqu'à
« la fin des siècles? O Héléna, ma fille!
« qu'il m'était doux d'être ton père; mais
« qu'il est cruel maintenant ce sentiment
« que je nourris pour toi! Sans lui, libre d'in-
« quiétude, je pourrais espérer davantage
« et de mes lumières et de mes forces. Lors-
« que la pensée est enchaînée à un objet,
« comment la reporter vers un autre qui de-
« vrait seul l'occuper? O ma fille, qu'il m'en
« coûte de t'abandonner sur cette mer ora-
« geuse où ma main ne pourra plus diriger
« le gouvernail pour te conduire au port! »

Ainsi se plaignait le sensible et vaillant Rodolphe, lorsqu'on vint l'avertir qu'un guerrier, dont le front était inondé de sueur et
dont les vêtemens étaient couverts de poussière, demandait à l'entretenir sans témoins.

Rodolphe ordonna qu'on l'introduisît, et
pria son ami de ne pas s'éloigner.

« Quelle nouvelle m'apportez-vous, digne
« Helvétien? » lui demanda Rodolphe.

« Seigneur, répond le guerrier, voilà
« un écrit. L'ennemi s'avance, et l'on vous
« attend. »

Rodolphe rompit le cachet et lut ces
mo ts:

« Braves Bernois, vous qui conduisez
« sous vos drapeaux la légion fidèle, légion
« dont la valeur défiera le nombre, pré-
« parez-vous à une grande, (g) à une terrible
« journée à Newenegg : là , nous atten-
« drons l'ennemi. La position du pont nous
« est favorable ; mais quel nombre va-t-on
« nous opposer ? ne le calculons pas ; ne
« pensons qu'à nous armer de courage et
« de valeur. »

« La devise des confédérés sera *loyauté*
« *et constance , dans la paix et dans la*
« *guerre.* »

Aussitôt que Rodolphe et Hans eurent lu
cet avis, ils retournèrent près de Godefroi
et d'Héléna, pour préparer l'amant au
combat et pour mettre les jours d'Héléna
en sureté en cas d'invasion.

Telle que l'aurore qui, se levant brillante
de clarté au matin d'un beau jour, est obs-
curcie lorsqu'elle s'avance sur l'horison
par de sombres nuages, ainsi la belle Héléna
à qui l'amour vient de prêter de nouveaux
charmes, se trouble lorsqu'elle entend la

voix de son père lui annoncer la funeste
nouvelle qu'il venait d'apprendre. Aussitôt
les roses de son teint s'effacent, la mort
recouvre de ses ombres sa charmante figure, et elle reste quelques instans immobile
de frayeur.

La vie de celui à qui elle devait l'existence était menacée : cette pensée était
pour elle le comble du malheur. Les premières paroles qu'elle put prononcer ex-
primèrent les craintes funestes auxquelles
elle était livrée : elle désirait suivre son
père à l'armée et combattre à ses côtés.
(*h*) Elle s'était instruite dans l'art de la
guerre, et aujourd'hui elle rendait grâce
au goût qui toujours l'avait portée à cette
étude. Mais Rodolphe à ces paroles fronça
son sourcil épaix, et pria sa fille, d'un air
sévère, de s'interdire une pareille pensée.
Il lui ordonna de partir dès le point du
jour, avec Job son vieux serviteur, pour
l'île de St.-Pierre.

Héléna se jeta aux pieds de son père,
le supplia de ne pas l'éloigner de lui ;
mais toutes ses prières furent inutiles.
Rodolphe, sans répondre davantage ;

E.

dit à Job de tout préparer pour quitter
Berne.

Héléna garda le silence. Déjà elle avait
conçu un projet hardi. Sa figure exprimait
la noblesse de ses sentimens et la pensée
sublime qui l'animait : quelque chose de
céleste régnait dans tous ses mouvemens.
Godefroi, l'amoureux Godefroi ne cessait
de la considérer, et, s'il n'avait pas été déjà
vaincu par l'amour le plus tendre, il n'aurait pu résister aux charmes que ce dieu
lui présentait en ce moment.

Bientôt la fille de Rodolphe se leva de
son siège, regarda d'un air inquiet et indé-
cis Godefroi ; et, après avoir réfléchi quelques instans, elle lui fit signe de la suivre :
Lorsqu'elle se trouva seule avec lui, elle
dit :

« Godefroi, jurez-moi que vous garde-
« rez le secret que je vais vous confier. «

Godefroi le jura. Hélas! il s'en repentit
bientôt, car dès ce moment il connut le
tourment d'aimer.

Héléna lui dit : « demain, à la troisiè-
« me heure du jour, je serai en habit de
« guerrier, accompagnée de Job, sur les

« hauteurs qui bordent la route où va
« passer la légion fidèle. « Godefroi l'in-
terrompit pour lui représenter avec feu la
témérité de ce projet : il appela à lui toutes
les ressources de l'éloquence pour l'engager à y renoncer ; cependant elle continua
de persister dans sa résolution. Elle s'exprimait avec tant de noblesse, de grace,
et de persuasion, que Godefroi ne trouva
plus rien à opposer à ses raisons, qui semblaient déjà avoir été mûries par une profonde et sage réflexion.

„ Sur-tout, lui dit-elle, ne vous occu-
„ pez point de moi ; laissez-moi suivre la
„ route où mon destin semble m'entraîner.
„ Laissez au ciel le soin de veiller sur moi :
„ qu'il conserve mes jours aussi long-tems
„ que je pourrai être utile à mon père :
„ aucun autre sentiment ne peut régner
„ sur mon cœur tant que je saurai les jours
„ de Rodolphe en danger. " A ces mots,
Héléna jeta un regard expressif sur Godefroi, et le quittant aussitôt, elle le laissa
livré aux plus cruelles réflexions.

« Que me reste-t-il à faire ? se disait-il.
« Si je trahis Héléna, son cœur m'accuse-

« ra: elle me trouvera indigne de sa con-
« fiance, je perdrai tous les droits à son
« affection ; et si je me tais, si je la laisse
« partir, à combien de regrets, à combien
« de maux vont être livrés ceux qui la ché-
« rissent ? Est-ce ainsi que l'amour se joue
« des faibles mortels ? O malheureux Go-
« defroi ! »

En prononçant ces dernières paroles, il
lève les yeux qu'il avait long-tems tenus
baissés vers la terre, quelle est sa surprise
et dirai-je sa frayeur de voir son père devant lui, qui l'écoute, qui le considère ?
Il a tout entendu, se disait-il ; oui, tout !
Mais aussitôt Hans le rassure : il lui demande : « Quelles sont les réflexions péni-
« bles qui agitent ainsi mon fils ? »

Pour la première fois, Godefroi est em-
barrassé de répondre. Son père s'en aperçoit : il croit deviner la cause de ce premier
silence, et s'éloigne sans insister davantage.

Cependant la nuit approchait : Rodolphe
de Berne et Hans de Schwitz se réunirent
à leurs enfans, et renouvelèrent le pacte
de la plus loyale amitié, en buvant à la
continuation de cette alliance douce et

sublime qui avait toujours existé entre
Schwitz et Berne. Des larmes d'attendrissement coulaient de leurs yeux en se rappe-
lant cette longue suite d'années d'une félicité non interrompue.... » O Berne ! ô
« Schwitz, s'écrièrent-ils !... Noms si chers
« à nos cœurs ! recevez aujourd'hui nos
« sermens ! Cantons si vénérés, oui, nous
« ramènerons la paix dans votre sein, ou
« nous mourrons sur vos débris ! »

« Héléna, Godefroi, approchez, mes en-
« fans, dit Rodolphe ; venez recevoir la
« bénédiction paternelle. Puisse la grâce
« du Très-haut descendre sans cesse dans
« vos cœurs, et puissiez-vous ne jamais
« perdre de vue le but de votre existence. »

» Peut-être attachons-nous trop de prix
« à cette patrie qui nous éleva dans son
« sein : l'étranger peut nous l'enlever,
« nous en arracher à jamais ; mais une au-
« tre patrie nous attend, et l'Eternel nous
« garantit la durée de ses bienfaits. »

» Peut-être bientôt n'entendrez-vous
« plus la voix de vos vieux amis vous rap-
« peler vos devoirs. Bientôt la nuit des
« tombeaux va les couvrir de ses ombres.

« et le cercueil gémira sous le poids de
« cette terre que nous chérissons: alors,
« mes enfans, ne vous laissez point abattre
« par la douleur; respectez les décrets d'un
« Dieu dont vous connaissez la bonté ; at-
« tendez avec résignation le tems qui doit
« de nouveau nous réunir ; et si la patrie
« vous retire ses faveurs, ne l'abandonnez
« pourtant pas. Maintenez dans quelques
« antres de nos montagnes les vertus
« de l'ancien peuple , afin qu'un jour
« vienne où l'on dise encore : voilà l'Hel-
« vétien ! Cette terre lui appartenait,
« ses pères l'ont rendue fertile : ils avaient
« pour richesses de l'industrie et des
« vertus. »

Godefroi et Héléna prosternés aux pieds
de Rodolphe et de Hans, fondaient en larmes. A ces dernières paroles , ils les avaient
entourés de leurs bras, comme pour ne jamais s'en séparer. Alors Rodolphe dit en
mettant la main de sa fille dans celle de
Godefroi : » c'est cette main , mon fils, qui
« te couronnera après la victoire ; voilà
« l'épouse que tu presseras sur ton sein
« lorsque le ciel aura comblé tes vœux ;

« c'est elle qui adoucira l'amertume de ta
« pensée lorsque la nuit appesentira ta
« paupière et que le chagrin te tiendra
« éveillé. »

~~~~~~~~~~~~~~~~~~~~~~~~~~~~~~~~

LETTRE XVII.

Sophie à Adelme.

Ile de S.-Pierre , le . . . .

Déjà un profond silence régnait dans
Berne ; le jour à venir était enveloppé d'une
mystérieuse obscurité ; le Destin , couvert
d'un voile impénétrable , retenait encore
enfermé dans son urne le sort des mortels ;
et l'habitant de ce fortuné séjour, ignorant
les décrets du Très-haut , se livrait à un repos qui dans peu d'heures allait lui être ravi.

A peine l'étoile de Vénus se dérobait-
elle à la clarté du jour naissant, que les
bruits de guerre se firent entendre sous les
vastes arcades de Berne.

A ces bruits effrayans tout s'émeut , tout

gémit, tout tremble (1) sur le sort à venir
de la ville de Berchtold V.

Ils sont passés ces jours de bonheur, disait Rodolphe, tandis que sous les pieds de
son coursier rapide le pavé jetait des étin-
celles; ils sont passés ! L'avenir !... Berne !...
ô l'avenir !...

Pendant que le sort de sa patrie l'occupe
entièrement, Godefroi, ivre d'amour, ne
voit qu'Héléna, ne songe qu'à elle : il a
calculé mille fois dans cette nuit tous les
dangers auxquels elle va être exposée.

Arrivé sur la route où s'avançait l'armée
fidèle, ses yeux ne cessaient de parcourir
les monts et les collines, jusqu'à ce qu'enfin
l'amour lui montra, cachée sous les attri-
buts du dieu de la guerre, son amante suivie
du fidèle Job, qui ne s'était point opposé
au désir de sa jeune dame, ne voulant pas
lui-même s'éloigner de Rodolphe, de ce
maître qu'il chérissait depuis si long-temps.

Godefroi souvent ralentissait sa course :
ses regards errans commandaient aux mouvemens de sa main qui retenait les rênes.
Mais Hans son père, impatient de voir
qu'il retardait sa marche, tourna vers lui

ses regards, et d'un ton menaçant lui cria:
« Godefroi, la patrie!.... » Ces mots suf-
firent au jeune guerrier pour éloigner de sa
pensée ce qui l'avait occupé jusqu'alors.

Maintenant il ne quitte plus les rangs;
mais souvent il détourne la tête, et laisse errer ses regards sur les collines d'alentour, jusqu'à ce que le pont de Newenegg
se présente devant lui. Là, étaient rangés les
nombreux bataillons de l'ennemi, à qui la
légion fidèle n'avait que huit mille guerriers
à opposer. A cette vue, le cœur de chaque
Helvétien gémit en secret. Rodolphe s'en
aperçoit, parcourt les rangs, et par un
discours plein de feu et d'adresse, anime
leur courage abattu. Sa voix, comme le
bruit du tonnerre, roule à travers les rochers, et ces mots.... « Helvétiens, souve-
« nez-vous de vos pères! » les remplissent
de nouveau de zèle et d'ardeur.

On s'avance. Les foudres de la guerre
tonnent et remplissent de terreur cette
contrée jadis si paisible.

L'eau de la Sense mugit et se couvre de
flammes ardentes, les montagnes frémis-
sent, les rochers tremblent, les hauts sapins

se courbent et tombent en éclats. Partout
le fer brille, l'acier étincelle, et les bords
de la rivière sont couverts de morts et de
blessés ; les gémissemens se mêlent aux cris
de fureur. Plusieurs bataillons de l'ennemi
sont renversés et précipités dans les flots.
Le carnage est horrible. L'Helvétien commence déjà à se flatter, il croit que sa valeur a sauvé la patrie : cette pensée le soutient et l'anime ; la gloire l'énivre, et il re-
double d'efforts.

Godefroi se montre partout. Tel est le
trait qu'a lancé l'arc au milieu des airs; tel
est le torrent qui se précipite du haut des
montagnes pour se répandre dans le vallon.
Tantôt sur la colline et tantôt dans la plaine, Godefroi s'avance et recule pour tromper l'ennemi ou pour le surprendre. Son
œil, comme l'éclair qui brille, embrasse
tous les objets à-la-fois. Il ne perd point
de vue Héléna, toujours il l'aperçoit : elle
semble s'oublier elle-même pour ne penser
qu'à celui qu'elle chérit ; son père est sans
cesse l'objet de ses soins. Elle ne craint
point le fer qui se lève sur elle ; une main
puissante veille sur ses jours. Cette main

écarte loin d'elle la foudre, et, sous son
égide, la fille de Rodolphe se plie et se relève comme le jeune chêne au milieu des
tempêtes. Lorsque par hazard l'ennemi
vient à la considérer, étonné de l'éclat de
sa beauté, du feu qui brille dans ses yeux,
il n'ose la frapper et porte loin d'elle ses
coups meurtriers.

O Héléna, qui pourrait compter les
regards qui s'arrêtèrent sur toi dans cette
horrible journée? Qui pourrait compter
les désirs téméraires qu'éveillait ta vue dans
l'ame des guerriers? Qui pourrait compter
tous les dangers auxquels tu vas être exposée? Tandis que tu subjugues les cœurs,
que tu étonnes par ta beauté et ton courage, Rodolphe tranquille sur ton sort
se distingue par des actions d'éclat. Hans
sourit au milieu de l'affreuse mêlée : il voit
son fils courir à la gloire, et son cœur est
satisfait.

Mais quelle est cette nuée sombre qui s'a-
vance? Elle se roule autour de la montagne, franchit les collines et les vallons. Tels
arrivent sur le ciel, lorsque les vents se
déchaînent et se heurtent dans l'air,

les nuages amoncelés qui renferment l'orage.

C'est l'ennemi ! s'écrie l'Helvétien, et un froid mortel coule dans les veines de Rodolphe. Voilà l'instant, se dit-il, voilà l'instant où il faut mourir. Nous n'avons plus de renforts à espérer du côté de Berne, et l'ennemi ne peut manquer avec ce nombre effrayant de nous anéantir.

Tel qu'un lion échauffé par le carnage, Rodolphe, près de son ami, se précipite à la tête du petit nombre qui lui reste encore ; Godefroi déjà les avait devancés. Plus d'un brave était tombé sous ses coups.

Quel est ce jeune téméraire ? se disait-on. De quel nouveau secours se flatte-t-il ? Quel espoir soutient sa rage ?

Les rangs de l'ennemi se serrent et s'avancent.

Rien désormais ne peut vous sauver, malheureux Helvétiens. Ni votre courage, ni la force de votre bras ne vous garantiront de la mort ! Il faut courir au trépas, ou voir l'ennemi envahir vos foyers.

O Rodolphe ! que devins-tu dans ce

moment funeste! Ta pensée était plus
amère que la mort même.... Le ciel a dé-
cidé de ta vie.... Ta valeur même sera la
cause de ta perte.... O douleur! Héléna
voit son père tomber à ses côtés; Hans de
Schwitz subit le même sort.

» Godefroi, où es-tu? s'écriait la fille de
« Rodolphe dans l'excès de son désespoir.
« Seule je suis témoin de cet affreux mal-
heur!.... Tout est perdu pour nous! »

Héléna et Job réunissent toutes leurs
forces pour porter ces deux braves dans
le creux d'un rocher, où jaillit une source
d'eau vive: là, Héléna déchire ses vêtemens, arrache le voile qui recouvre son
sein, lave les blessures des deux guerriers,
en étanche le sang, et presse mille fois sa
bouche brûlante sur celle de son père, pour
rappeler le souffle de vie qui semblait s'en
être échappé à jamais.

Dans ce moment, Godefroi ayant perdu
de vue tous ceux pour qui il désirait encore
exister, court, vole, cherche, et arrive
enfin près du rocher. Quel spectacle affreux! « Ah! ne perdons pas de tems, s'é-
« crie-t-il. Vos soins, Héléna, ne peuvent

« suffire. Je vais chercher des secours...
« Peut-être les sauverons nous..... »

Godefroi se précipite à travers mille détours à lui connus, et dans peu d'instans il
revient agité par la crainte et l'espérance.
Pendant qu'Héléna arrosait de larmes
amères le corps sanglant de celui qui lui
donna le jour, Godefroi s'écriait doulou-
reusement : » tout est perdu pour nous, la
« patrie et nos amis !.... » A ces mots, Hans
r'ouvrit lentement les yeux et prononça
d'une voix affaiblie : » Godefroi, veille sur
« Berne. Laisse-moi ici, je te l'ordonne. »
A ces mots, Godefroi presse Hans sur son
cœur et s'éloigne : il est forcé d'abandonner
Héléna à sa douleur.

» O devoir cruel, quel est le sacrifice
« que tu m'imposes, s'écriait-il en quittant
« le rocher et en jetant un triste regard der-
« rière lui. » Il part, il se hâte, il court
sur la route de Berne.

L'ennemi avançait à grands pas : par-
tout on ne rencontrait que la mort et le
carnage ; de toute part on entendait dire :
« *Berne est perdu.* »

» Serait-il bien possible, se disait dou

« loureusement le fils de Hans, serait-il
« bien possible ! Quoi ! cette ville qui sou-
« tenait avec tant d'éclat la patrie de l'Hel-
« vétien, se pourrait-il que ce jour fût le
« jour fatal où elle cesserait d'exister? Cette
« ville célèbre par sa sage politique, par les
« grands hommes qu'elle a nourris dans son
« sein ; illustre par sa valeur, bienfaisante
« dans sa domination, florissante par ses
« lois ; cette ville qu'aucun ennemi n'avait
« jamais envahie, ni même abaissée pen-
« dant une existence de près de six siècles ;
« serait-il possible qu'elle cessât aujour-
« d'hui d'exister ? »

Godefroi s'approche de Berne, et ne
tarde pas à savoir que cette malheureuse
ville demandait à l'ennemi une garde qui
pût assurer la vie et les biens de ses citoyens.
Voilà donc tout ce que tu oses demander
maintenant !...

Godefroi rougit, cache ses larmes et s'é-
loigne au plus vîte. Sa présence ne pouvait
plus être d'aucune utilité : il ne lui restait
plus rien à espérer.

La nuit de ses sombres voiles allait couvrir l'univers, le soleil avait abandonné le

ciel de l'Helvétie. D'humides vapeurs s'étendaient sur les hautes montagnes, et d'épais
brouillards recouvraient le penchant des
collines. La nature semblait gémir à l'aspect
de cette terre couverte de débris et de morts.

Le fils du brave de Schwitz verse des larmes. Mais attends quelques momens encore,
malheureux Godefroi ! Réserve ces larmes ;
dans un instant ta douleur les appellera
pour soulager ton cœur oppressé.

Que devient Godefroi en approchant du
rocher ? Aucune voix ne s'y fait plus entendre : la fontaine seule murmure encore.
Quel horrible silence !... Il appelle son
père, Héléna, Rodolphe, et la voix du
rocher seule redit ces noms chers à son cœur.
Il prête de nouveau une oreille attentive,
mais il n'entend que de sourds gémissemens
dans le lointain. Le désespoir remplit son
ame ; il se tord les bras, il s'arrache les cheveux et il s'exhale en plaintes amères.

» O nuit !.... s'écriait-il, ô nuit ! toi
« que le mortel implore pour ranimer par
« un doux repos ses forces et son courage ;
« pour cette fois seulement retire de ces
« lieux tes ombres ; laisse, laisse la lumière

« éclairer ces montagnes et cette plaine
« ravagée : clartés des cieux , guidez-moi ,
« oh ! guidez - moi vers le sein paternel !
« que je l'inonde de larmes, et qu'elles
« soient éternelles s'il ne répond plus à mes
« cris !... Et toi, Héléna, quel est ton sort ?
« Les barbares ont-ils immolé tous les ob-
« jets de mes amours ? Ont-ils osé porter
« une main téméraire sur la vierge sans
« tache promise à ma tendresse ?.... »

Ainsi parlait Godefroi , au milieu d'une
nuit profonde , lorsque je vins près de lui
pour l'amener à la chaumière où j'avais
fait transporter Hans et Rodolphe ; et là ,
je me réservais à lui apprendre tout ce qui
s'était passé depuis son départ.

L'infortuné, lorsqu'il entendit ma voix ,
se jeta dans mes bras et me dit : » comment,
« Gothard, vous me restez encore , et seul
« vous me restez ?... Plus d'espoir , oh! non !
« le ciel, la patrie, tout m'abandonne. »

--- » Calmez ces transports, cette amère
« douleur, ô mon fils ! Suivez-moi ; venez.
« Je vais vous montrer ce qui vous reste
« de votre bonheur. Armez-vous de cou-
« rage : tout n'est pas perdu pour vous. »

Nous ne tardâmes pas à arriver dans la
chaumière où j'avais fait déposer les dépouilles du brave Rodolphe. Le père de
Godefroi vivait encore ; mais Dieu ! quel
était ce reste de vie ? une ombre prête à
disparaître.

Tandis que le fils de Hans avait suivi la
route de Berne pour porter à cette ville
d'inutiles secours, Héléna occupée du soin
de rappeler son père à la vie, ne pensait pas
qu'il existât d'autres dangers pour elle que
ceux de voir expirer Rodolphe, son ami,
son père, pour qui elle aurait voulu donner
mille fois sa vie.

Mais son malheur n'avait pas encore
épuisé tout ce que le sort lui réservait de
plus funeste.

J'arrivais près du rocher lorsqu'une bande
féroce, qui revenait du pillage, arrachait
du sein paternel la vierge accablée sous le
poids d'une douleur mortelle. Ses cris, mes
efforts, tout fut inutile ; rien ne put arrêter
ces hommes ivres de sang et de carnage.
Je suivais Héléna à quelque distance, espé-
rant toujours de pouvoir fléchir ses ravisseurs ; mais il fallait ou être à jamais sé-

paré de Hans, à qui j'espérais rendre la
vie, ou abandonner Héléna à qui je ne
pouvais être utile, n'ayant pas de forces à
opposer à cette troupe de misérables qui
l'entraînait.

Je recommandai la fille de Rodolphe à
la toute-puissance, et j'envoyai Job après
elle, en l'assurant qu'il pouvait entièrement me confier les soins de son digne
maître.

Mais cette scène affreuse dont Rodolphe
avait été témoin, sans qu'il eût été dans son
pouvoir d'apporter du secours à sa fille, lui
avait fait une impression fâcheuse et si forte
qu'il ne tarda pas de succomber à tant de
maux. Je reçus son dernier soupir, et ses
dernières paroles furent pour me supplier
d'arracher Héléna aux barbares étrangers:
,, qu'elle meure plutôt que de leur appar-
,, tenir, Gothard; elle va être dans un
,, instant privée de son père. Oh! soyez le
,, soutien et le protecteur de son inno-
,, cence! "

Tous mes soins se portèrent alors vers
mon ami. Lorsqu'on aime on se flatte toujours: il me restait encore quelque espoir

d'arracher Hans au trépas. Dans cet instant
il me demanda: ,, Rodolphe a-t-il cessé
,, de sentir la douleur? S'il n'e t plus,
,, Gothard, allez trouver mon fils: qu'il
,, se hâte de venir s'il veut me voir en-
,, core, et dites - lui, s'il ne me trouvait
,, plus, qu'il vole au secours d'Héléna. ,,

J'exécutai la volonté de Hans , et bientôt je fus témoin d'une scène déchirante.

Je ramenai Godefroi dans la chaumière
où il trouva son père luttant avec la mort,
et Rodolphe qui déjà n'était plus. Il ne me
fut pas possible de lui cacher plus long-
temps l'enlèvement d'Héléna.

,, O ! mon père, s'écria-t-il avec véhé-
,, mence, ne serait-il pas permis dans un
,, moment aussi affreux de mettre un ter-
,, me à son existence ? ,,

,, Jeune homme , lui répondit Hans,
,, n'est-ce pas assez de se quitter pour peu
,, d'instans ? voudrais-tu que nous fussions
,, séparés à jamais ?... Crains un Dieu irrité.
,, Eloigne de toi ces funestes pensées: c'est
,, l'affliction qui nous prépare de longs
,, jours de félicité. Supporte avec résigna-
,, tion les peines que le ciel t'envoie , afin

,, que j'aie la certitude en mourant que
,, nous nous retrouverons un jour, pour
,, ne plus nous quitter. Va, mon fils, con-
,, tinua-t-il, va chercher et secourir Hé-
,, léna; je n'ai plus besoin de toi ici : mon
., temps est marqué, et aucun pouvoir hu-
,, main ne saurait en reculer les bornes.
., Epargne-moi la vue de tes larmes.....
., Pourquoi me rendre ces derniers mo-
., mens si pénibles?..... Si tu savais, Go-
., defroi, combien je souffre de ta peine!...
., Eloigne-toi, pour que mes yeux ne
, voyent plus cet objet de douleur. ,,

Hans cessa de parler, et Godefroi, à ses
côtés, garda un morne silence : je m'en approchai, et je vis qu'il était tems d'arracher
de ces lieux le fils du brave de Schwitz.

Les liens les plus doux allaient se briser
à jamais. Le dernier soupir, ce soupir si
douloureux pour celui qui reste, allait s'é-
lever du sein qui n'avait jamais respiré que
bonté, que vertu, que tendresse. Oh! quel
affreux moment pour un fils, pour un ami!

LETTRE XVIII.

Sophie à Adelme.

Île St.-Pierre, le . . . .

PENDANT que Godefroi était livré à tout
ce que la douleur et le désespoir réunissent de plus cruel, Héléna, la malheureuse
Héléna éprouvait tout ce qu'un destin
fatal peut nous réserver de plus affreux.
Arrachée des bras d'un père, et dans quel
moment grand Dieu! traînée par des soldats inhumains dans le camp du vainqueur,
elle y devient l'objet d'une passion que son
cœur rejette avec horreur : son désespoir
même la rend plus belle aux yeux de l'é-
tranger.

On lui prodigue tous les soins, on re-
double envers elle d'égards ; mais rien ne
peut la calmer. Elle gémit et verse un
torrent de larmes : elle supplie et peint avec
les plus vives couleurs ses craintes sur le

sort de son père , et sa **peine d'en être sé-**
parée. C'est en vain, elle n'est point écou-
tée. On avait même éloigné d'elle **Job**, ce
fidèle serviteur , en qui seul elle aurait pu
mettre sa confiance. Tout lui manquait à-
la-fois : elle était si oppressée par sa peine,
qu'il lui semblait que son cœur allait se
briser, et elle espérait pouvoir mourir de
douleur.

Dans l'armée ennemie on ne parlait que
de la belle Héléna, qui , sous l'habit guerrier, avait donné tant de marques de courage et de valeur au combat de Newenegg :
elle n'avait point échappé aux yeux de la
multitude.

Un des chefs, homme fin, adroit et pas-
sionné, ne put supporter qu'un seul de ses
désirs ne fût pas satisfait : il conçut le dessein
de posséder Héléna et de la sacrifier à sa
passion. Il n'ignora pas long-temps qu'elle
était la prisonnière d'un de ses subordonnés :
il la lui fit demander, mais on lui répondit
qu'elle s'était échappée, et qu'on n'avait
point suivi ses traces. Alors, pour soustraire
Héléna à tous les yeux, et dans la crainte
qu'elle ne lui fût enlevée, le tyran, qui

osait se flatter qu'un jour elle se rendrait à
ses vœux, la conduisit sur la montagne, et
la tint enfermée dans une solitude profonde.

„ Godefroi, qui peut te retenir encore
„ ici où règne la mort?.....„ A ces mots,
que j'adressai à l'infortuné, il se précipite
hors de la chaumière, s'élance sur son coursier, qui, impatient, frappe la terre : il
l'emporte aussi vite que le vent. Godefroi
ne le retient, ni ne le dirige ; il le laisse
aller au hasard. Tandis qu'il dévore dans
sa course les champs et les collines, le fils
de Hans sort enfin de sa triste rêverie, et
s'aperçoit qu'il s'éloigne du lieu vers lequel il voulait se diriger. Il retourne sur
ses pas, et prend la route de Berne.

La première personne qui se présente à
sa vue, c'est le fidèle Job, qui le reconnaît,
l'appelle et lui dit : „ Je rends graces à Dieu,
„ je vous cherchais. „ Héléna fut le seul
mot que Godefroi put prononcer, et Job
lui fit signe de le suivre : „ Je n'ai cessé de-
„ puis hier, lui dit-il, de courir sur les
„ traces de ma pauvre maîtresse ; j'ai dé-
„ couvert enfin qu'on l'avait conduite sur
„ la montagne, et peut-être qu'avec beau-

„ coup de prudence et de soins nous pour-
„ rons la découvrir et la ramener dans les
„ bras de son père, à qui elle rendra le
„ bonheur et la vie. „

A ces mots, Godefroi regarde fixement
ce fidèle serviteur, et reste sans lui répondre. Job s'alarme de ce silence et commence à pressentir le destin de son maître ;
mais il ne peut encore y croire, et Godefroi se voit forcé de lui apprendre cette terrible nouvelle. Job détourne la tête, sa
douleur reste muette ; mais elle est d'autant
plus profonde.

Gardant un morne silence, ils marchent
toujours, et après avoir gravi la montagne,
ils arrivent enfin près d'un chalet. Il était
désert, et le désordre qui y régnait annonçait assez le triste destin de l'habitant des
montagnes. Le cœur navré de mille souvenirs déchirans, ils se dirigent plus loin.
Par-tout où jadis leurs yeux avaient con-
templé le bonheur et la vie, ils ne retrou-
vent plus que le deuil et la tristesse. Des
enfans délaissés parcouraient la route en
pleurant ; des vieillards abandonnés, tantôt
s'acheminaient lentement, appuyés sur un

F.

bâton noueux , et tantôt tombaient de lassi-
tude et de faiblesse en rêvant à leur infortune.

Soudain , des cris aigus et réitérés atti-
rent l'attention de Godefroi, et il se dirige
avec Job du côté d'où les cris partaient.

Dans une cabane où jadis avait résidé
le bonheur , un vieillard blanchi par les
ans et paralysé de tous ses membres était
étendu sur une couche trempée de ses larmes : il était privé de tous les secours qui,
le jour auparavant lui étaient encore si
doucement prodigués , et il avait la peine
de voir et d'entendre crier ses deux petits-
enfans , qui ne pouvaient encore ni s'aider,
ni lui être utile : leur mère avait subi le sort
de tant d'autres victimes qui s'étaient armées pour la défense de la patrie ; elle
avait attiré sur sa pauvre famille l'abandon
et la misère.

Le vieillard nous dit, en nous apercevant : ,, Vous êtes des nôtres, car vos traits
,, annoncent la pitié et la compassion. ,,

,, Oui , répondit Godefroi, tout nous est
,, commun ; il ne nous reste qu'à pleurer
,, et à mourir. Que puis-je faire pour vous,

„ bon vieillard ? Tout ce qui est en mon
„ pouvoir vous sera accordé. „

Quelques nourritures étaient cachées
sous son chevet, il pria qu'on satisfît le besoin des enfans, » et puis, continua-t-il, j'ai
„ à vous demander un service que vous ne
„ me refuserez pas. Il y a quelques heures
„ qu'on a conduit ici une jeune bernoise
„ qui versait des larmes amères : si je ne me
„ trompe, c'est la fille du brave et respec-
„ table Rodolphe. „

A ces mots, le cœur de Godefroi bat
plus vîte, et Job, qui jusqu'alors avait paru
absorbé par ses propres peines, se rappro-
che du lit et demande qu'on lui répète ce
qu'il croit avoir entendu.

Le vieillard poursuit ainsi : „ des hom-
„ mes de guerre la conduisaient et au-
„ raient voulu la cacher ici, pendant quel-
„ ques heures seulement ; mais à cause
„ des cris de ces deux enfans, ils ont craint
„ que des passans ne s'arrêtassent ici, et ils
„ ont dit : allons plus loin. Alors la jeune
„ bernoise, en se tournant vers moi, m'a
„ dit à voix basse : pensez à moi lorsque le
„ temps sera venu. „

,, Vous donc, qui paraissez de braves
,, gens, allez, hâtez-vous de la secourir:
,, elle ne doit pas être loin d'ici; peut-être
,, la trouverez-vous dans le premier cha-
,, let, à droite, au bord de la forêt. Ecou-
,, tez mes avis, hommes de nos cantons;
,, changez vos vêtemens pour ces miséra-
,, bles lambeaux: c'est tout ce qu'on m'a
,, laissé; ils pourront vous servir. Déguisés,
,, vous n'aurez pas à craindre d'être re-
,, connus: laissez ici vos chevaux, fermez
,, soigneusement ma porte, partez au plus
,, vîte, et que Dieu vous conduise. ,,

Jamais Godefroi n'avait exécuté un ordre avec plus de promptitude : ce vieillard
lui semblait un sage placé là par la provi-
dence pour lui communiquer ses volontés.
Il le remercie, et accompagné de Job, il
suit la route qui lui était indiquée.

Les deux voyageurs arrivèrent bientôt
près du chalet. La porte en était fermée et
aucun bruit ne s'y faisait entendre. Ils heur-
tèrent; on ne leur répondit pas: enfin,
Godefroi emprunta les lamentations du pauvre: il demanda un léger secours pour sa
subsistance. Alors la porte s'ouvrit, et une

vieille femme leur fit signe d'entrer. Après
les avoir bien considérés, elle n'hésita pas
à leur dire :

„ Je vous crois d'honnêtes gens ; je vais
„ vous confier un secret important, et je
„ suis sûre que vous n'en abuserez pas. J'ai
„ ici la fille de Rodolphe de Berne. Au prix
„ de ma vie je dois la garder jusqu'à ce
„ que les mêmes gens qui l'ont amenée re-
„ viennent la chercher. Ils m'ont mutilé
„ les jambes, comme vous le voyez, afin
„ que je ne puisse pas m'éloigner avec
„ elle. C'est en vain que je prie cette ver-
„ tueuse fille de me quitter et de se sau-
„ ver ; elle m'a répondu qu'elle ne voulait
„ point avoir ma mort à se reprocher ; que
„ Rodolphe ne voudrait lui-même pas
„ qu'elle eût sa liberté à ce prix. Elle vous
„ écoutera peut-être mieux que moi ; je
„ vous en supplie, emmenez-la d'ici pour
„ la rendre à son père ; il doit avoir de
„ grandes inquiétudes. Ne craignez pas de
„ me laisser ici ; que je meure un moment
„ plutôt ou un moment plus tard, il ne
„ me reste rien à regretter ; j'ai tout perdu
„ dans la journée d'hier. Allez, vous trou-

„ verez la fille de Rodolphe dans cette
„ chambre dont vous voyez la porte bar-
„ ricadée ; brisez-la, enfoncez-la et hâtez-
„ vous de partir. „

Déjà Godefroi avait forcé la porte, et
Job s'était précipité aux pieds de sa jeune
maîtresse.

Tandis que Godefroi supplie Héléna de
partir, elle s'écrie : « où est Rodolphe, où est
mon père ? est-il en vie ? Oh ! qu'ai-je à espérer ? » Le profond silence et les regards affligés de Godefroi et de Job lui apprirent assez
ce qui était pour elle le comble de l'infortune : elle invoquait la mort, elle demandait à
Dieu de la réunir à son père : il lui aurait
semblé doux d'expirer au même moment.

C'est en vain que Godefroi la presse de
hâter son départ, afin de ne pas retomber
au pouvoir de ses ennemis : elle ne veut y
consentir qu'à condition qu'on emporte
cette digne femme, que le plus triste sort
attend. Godefroi aussitôt la charge sur ses
épaules, et ils regagnent la demeure du
vieillard, d'où ils repartent au plus vîte,
après l'avoir comblé de bénédictions et lui
avoir promis de prompts secours.

La bonne femme venait d'être placée sur le cheval que Job conduisait, tandis qu'Héléna montait le fidèle compagnon de Godefroi; et ainsi, en prenant des sentiers détournés à travers la forêt, ils arrivèrent à Arberg, (*k*) et suivirent la route qui devait les conduire sur les rives du lac de Bienne, où l'île de St.-Pierre pouvait leur offrir un refuge contre la fureur des hommes.

LETTRE XIX.

Sophie à Adelme.

Ile de St.-Pierre, le . . .

Les rayons célestes ont abandonné la terre; la foudre, la grêle et les autans ont ravagé les bords du fleuve, où l'homme jadis buvait à longs traits l'oubli de ses peines; de ce fleuve qui semblait porter sur ses ondes la paix et l'espérance, et que la mort environne maintenant de ses appareils funèbres.

Héléna, Godefroi, enfans des braves, éloignez vos souvenirs de ces bords, et venez : des heures de félicité vous sont promises en cette ile où l'ennemi n'a point encore abordé : ici la même destinée va vous réunir, les mêmes malheurs feront couler vos larmes...

Consolation, toi qui prends ta source au sein de l'amour et de l'amitié, viens adoucir les chagrins d'Héléna !

Sur la cime élevée du Chasseral, le soleil semblait se reposer d'une course fatigante, avant de disparaître de la terre : nonchalamment appuyé sur le revers de la montagne, il la caressait de ses rayons et berçait son globe lumineux.

« Quel voluptueux spectacle pour l'homme dont le cœur n'est pas navré de la peine la plus vive ! disait Godefroi.... Héléna, voilà le lieu que nous allons habiter. Crois-tu que le ciel ne nous réserve pas encore une source de bonheur que ton cœur ignore? Lorsqu'assis à tes côtés sur les bords de l'ile, je prendrai ce soleil couchant à témoin de mon amour ; que tout dans la nature te dira qu'il faut aimer, ton cœur

Héléna, ne te dira-t-il rien pour celui qui partage tes infortunes ? »

— «Jamais ! non jamais, s'écriait Héléna, mon cœur ne pourra désormais s'ouvrir au charme de la contemplation ; tout est effacé de mon ame, hormis la peine. »

La vague que berçait le vent du soir, soulevait doucement la légère nacelle : Godefroi, assis à côté d'Héléna, lui prit pour la première fois la main, et la serra tendrement : Héléna ne la retira pas, mais l'incarnat de la rose nouvelle vint se répandre sur son front ; elle baissa les yeux, et le feu de l'amour se glissa dans ses veines. Elle garda un profond silence : étonnée du nouveau sentiment dont elle était émue et que la pudeur couvrait d'un voile impénétrable, elle commença à craindre que ses regards ingénus qu'elle n'avait point contraints jusqu'alors, ne trahissent son cœur.

Tandis que les deux amans abordaient à l'île de St.-Pierre, je les suivis lentement ; et le char funèbre où les deux braves reposaient, roulait sur mes pas.

Sans l'espoir de posséder le cercueil qui

renfermait la dépouille de son père ; sans
l'espoir de passer de longues nuits avec son
ombre, la fille de Rodolphe n'aurait point
consenti à quitter les lieux où la mort
avait frappé celui qu'elle avait si tendrement aimé ; Godefroi n'aurait point voulu
que l'ennemi foulât la tombe de celui dont
la perte lui arrachait sans cesse des larmes.

L'homme affligé aime à s'environner d'objets qui entretiennent et qui nourrissent sa
douleur ; il lui semble que ses larmes sont
moins amères lorsqu'elles arrosent les cendres de celui pour qui elles coulent.

Les premiers rayons du soleil naissant
se mêlaient à la sombre verdure du Jura.
Au milieu de la pompe qu'étalait la nature
au réveil du jour, mon bras s'étendit sur
le cercueil ; ma main désigna la terre qui
devait recevoir la dépouille de mes amis.
Depuis lors, chaque matin à la même
heure, j'avais coutume de voir là, sur ce
tertre, sous ce dôme de verdure, Godefroi et Héléna prosternés devant la tombe
des deux braves.

Nos jours se passaient dans le deuil et
dans les larmes. La main d'Héléna était

occupée à tresser des guirlandes d'immor-
telles, qu'elle suspendait chaque soir aux
branches de ce chêne qui ombrage la tombe; Godefroi plantait les ifs et les cyprès qui
environnent cette enceinte; il tapissait ce
banc de mousse fraîche, et plaçait cette
urne sur cette colonne de marbre, où Héléna appuyait son bras et soutenait sa
tête, qu'un voile blanc recouvrait lorsqu'elle venait se livrer à sa douleur. Ainsi
s'écoulaient les heures et les jours. Godefroi était devenu nécessaire à l'existence
d'Héléna, et Godefroi qui brûlait de l'a-
mour le plus tendre, aurait refusé de vivre
s'il n'avait conservé l'espoir qu'Héléna un
jour lui appartiendrait. Tous mes soins ten-
daient à hâter cet instant, que je prévoyais
devoir être une source inépuisable de félicité. J'étais leur ami, et je désirais leur
tenir lieu de père. J'empruntais les sages
avis de Hans, de Rodolphe; alors mes paroles étaient des lois qu'ils exécutaient avec
un religieux plaisir.

Que ne puis-je vous peindre la douce
et l'aimable simplicité d'Héléna et de Godefroi! Oh! comment me la rappeler sans

briser encore mille fois ce cœur qui les chérissait si tendrement? Mon espoir était de
faire revivre en eux ces Helvétiens que le
fer de l'ennemi avait moissonnés, ces Helvétiens que les annales de nos pères nous
représentent avec leurs antiques vertus.

Un jour où j'avais été forcé de quitter
mes jeunes amis pour me rendre à Berne,
où j'allais dans le dessein de rassembler les
débris de leur fortune, j'entendis avec
étonnement un rapport auquel j'eus peine
à croire. Héléna en était l'objet. On disait
qu'un général de l'armée ennemie la faisait
rechercher, et qu'il voulait la trouver à
quelque prix que ce fût : sa possession lui
paraissait mille fois préférable encore à tous
les trésors que Berne lui avait fournis. L'or
dont il régorgeait ne le satisfaisait point :
il désirait rendre Héléna dépositaire des
dépouilles de sa patrie. O Héléna, me
disai-je, je vais te sauver dans les antres
les plus reculés des montagnes du Jura !

Je quittai aussitôt Berne, et j'arrivai à
l'île au moment où le soleil s'abaissait derrière la cime du Chasseral. Je ne trouvai
point mes deux jeunes amis dans le lieu

qu'ils avaient coutume de fréquenter : le
banc de mousse était délaissé ; je n'enten-
dais point dans les allées sombres leurs pas
errans... Inquiet , j'allai visiter les bords de
l'île que le lac entoure d'une ceinture brillante.

Lorsque je m'enfonçai dans les détours
du bois, je ne tardai pas à entendre la voix
de Godefroi : les sons en étaient touchans
et animés.

En avançant , je trouvai les jeunes
amans assis sur le tronc d'un chêne : leurs
regards étaient dirigés vers le couchant;
Godefroi parlait ainsi à Héléna: « Pour-
« quoi l'homme ne sentirait-il pas le
« besoin d'exprimer son amour , tandis
« que tout dans la nature lui dit qu'il faut
« aimer?... Vois-tu, Héléna, le soleil com-
« muniquer ses feux à la montagne, la
« brise caresser la surface des eaux, et l'on-
« de frissonner de volupté à l'approche
« des zéphirs? Le roseau se serre contre le
« roseau, le nénufar embrasse le nénufar;
« l'oiseau bat de l'aile et se cache avec sa
« compagne , là où la feuille tremblante
« voile ses discrets amours. Voilà l'heure

« où le montagnard fixe tendrement son
« épouse ; il la serre dans ses bras et la con-
« duit sous le chaume : là , ils sont heu-
« reux !.... Mais toi, Héléna, lorsque la
« nuit vient , confuse , tremblante, tu me
« quittes ; tes regards commandent aux
« miens , et ils n'osent plus s'arrêter sur
« moi ; pourtant la volonté de ton père t'a
« donnée à moi. J'ai long-temps respecté
« ta douleur ; je t'ai caché long-temps le
« désir qui me dévore , et la crainte de te
« déplaire me rend semblable à l'enfant in-
« timidé par la rigueur. Héléna , chère
« Héléna ! ah, rends-toi à mes désirs !
« bannis par un doux aveu la crainte que
« j'éprouve. «

A ces mots Héléna posa sa tête sur le sein
de son amant : il la serra dans ses bras , et
tous deux gardèrent long-temps le silence :
mais enfin Héléna le rompit. «O Godefroi,
s'écria-t-elle , quel spectacle ne viens-tu
pas d'offrir à ma vue ! C'est celui de l'ancienne , de la douce Helvétie : mais jette
maintenant un regard sur la patrie, et vois
comme elle est enveloppée d'un long man-
teau de deuil , sous lequel elle nous fait

entendre ses douloureux gémissemens....
Et nous pourrions aujourd'hui nous préparer au bonheur ! Nos larmes coulent encore ; tandis que les tombeaux sont leur
azile nous irions inonder de larmes les
parvis du temple de l'hymen! Ne détournons
point nos regards du spectacle effrayant qui
nous environne. Les montagnes gémissent
sur leurs éternelles bases, les rochers des Alpes éclatent sous le fer ennemi, l'antique
verdure que le temps respectait tombe du
haut des monts, et la hache sacrilège abat
le tronc vénéré qu'entourait les liens sacrés
de la Confédération. »

« O Patrie, tes orphelins demandent vai-
nement le sein qui les nourissait, et tu vois
les vieillards périr dans l'abandon et dans
la misère! Savons-nous, Godefroi, ce qui
nous attend encore? L'ennemi s'arrêtera-
t-il à la conquête du canton de Berne ?
Non, tel qu'un loup affamé, il dévorera
l'Helvétie entière: les chemins lui sont ouverts, aucune barrière ne pourra l'arrêter.
O Godefroi, il n'est plus de patrie pour
nous! Que nous sert de chercher encore le
bonheur? Peut-être demain, peut-être au-

jourd'hui, jaloux de cette paix que nous
goûtons ici, viendra-t-on nous en arracher.
L'étranger, le cruel étranger condamnera
les larmes que nous versons sur le tombeau
de nos amis. Il n'écoutera pas nos plaintes
et nos gémissemens : il restera sourd à nos
prières, et nos tombeaux deviendront la
proie de l'impie. Lorsqu'il approchera de
Schwitz, et que les rives du canton qui t'a
vu naître se teindront du sang d'un peuple chéri, pourras-tu alors nourrir ton
cœur d'amour et consacrer de précieux instans à la volupté ? Verras-tu d'un œil tranquille l'horison lointain rougi par la flam-
me dévorante, et les glaces de tes montagnes se fondre aux feux qui consument ta
patrie ? Non, Godefroi, des sentimens plus
nobles nourrissent ton ame belliqueuse :
tu fuiras ces lieux lorsque les monts de
Schwitz retentiront des bruits de la trom-
pette ennemie ; et ce n'est point sans épui-
ser les forces de ton bras, et sans verser
ton sang que tu verras fumer les ruines de
ta patrie. Je lis dans ton cœur, ô mon ami ;
je vois ta réponse prête à échapper à ta
bouche ; mais écoute encore : pouvons-nous

ordonner à l'orage d'arrêter ses fureurs?
Et pouvons-nous rappeler le calme sur nos
hauteurs! Pourquoi donc vouloir nous préparer de nouveaux regrets? Vois devant
toi une épouse en pleurs qui appelle ta
pitié, qui te prie d'abandonner ton pays
pour veiller sur ses jours, qui embrasse tes
genoux pour arrêter tes pas, et qui demande pour elle tous les momens que tu
dois à ta gloire. Jadis elle aimait les combats, elle ne fuyait point l'ennemi et elle
ne craignait point le danger; mais aujour-
d'hui un sentiment qui lui était inconnu, règne sur son cœur : elle sait qu'il
y a des devoirs qui l'engagent à conserver
son existence.... Mais tu entends la voix de
Schwitz, rien ne peut t'arrêter: tu pars,
elle reste, et va souffrir sans pouvoir se
défendre de l'insulte du soldat étranger.
Forcée de fuir ces paisibles lieux où des
souvenirs chers la retiennent, et livrée à
l'infortune, elle va se traîner sous un soleil
ardent, de rocher en rocher, de montagne
en montagne; ou bien, marchant vers
l'Alpe glacée où l'infortuné trouvait jadis
une retraite assurée, elle croit rencontrer

G

encore la paix dans les antres les plus reculés des montagnes ; mais, ô Godefroi, c'est
en vain qu'elle t'appelle : par-tout elle
ne trouve qu'abandon et misère ; par-tout
ses tristes regards embrassent le sombre aspect du carnage ; l'ennemi devance et suit
ses pas, et pour elle il ne reste plus que le
désespoir et la mort... — « Arrête ! c'en est
trop, s'écrie Godefroi ; tu as fait passer
la terreur au fond de mon ame, tous mes
sens sont glacés d'épouvante, je ne respire
plus ; mon sein se ferme à l'haleine des
vents, et par-tout l'horreur de ce tableau
effrayant se présente à mes regards consternés.... O Héléna, il est donc vrai, je ne
serai pas ton époux ! »

LETTRE XX.

Sophie à Adelme.

Ile de St-Pierre, le . . . .

LES ombres de la nuit descendaient sur le
vallon ; le Mont-Jura et la surface du lac
se couvraient de vapeurs plus rembrunies ;

es deux amans s'aperçurent qu'un long
ntretien leur avait amené l'oubli, et
ue la nuit venait de les surprendre sans
émoins sur les bords de l'île.

Le vieux Job étonné de ce retard, les cher-
hait au moment même où Héléna s'éloi-
nait aussi vîte que la pensée qui l'avait
vertie de l'approche de cet instant dan-
creux où l'amour se joue d'une douce
sécurité pour surprendre l'innocence.

Lorsque je parus, leur étonnement fut
extrême d'un retour aussi prompt, aussi
inattendu : il leur parut d'un présage
neste. La crainte que j'avais d'être obligé
de répondre à leurs questions fit que je les
rassurai aussitôt, en me réservant un instant
de réflexion pour instruire Héléna de mes
projets. Les paroles que j'avais entendues
commandaient la prudence.

Je proposai à mes jeunes amis de faire
apporter le repas du soir au bord du lac, et
de réserver pour ce moment ce que j'avais
eu à dire : dans ce dessein, je suivis Job et
je donnai quelques ordres secrets.

Tandis que nos esprits s'abandonnaient
la douce influence qu'une belle nuit

produit sur l'ame ; que nous jouissions ave
délice de l'harmonie secrète qui règne entr
l'homme et la nature , et que nous savou
rions d'excellens fruits qui croissent dan
l'île, je fis entendre la voix de la raison , e
je cherchai à convaincre Héléna qu'ell
devait unir sa destinée à celle de Godefro
Je lui rappelai les paroles que son pèr
avait prononcées avant de lui donner s
dernière bénédiction.

A ces mots elle ne put retenir ses larme;
et , gardant un profond silence , nou
dirigeâmes nos pas dans un sentier qu
conduisait au tombeau.

De loin nous aperçûmes une faib
lumière qui semblait s'élever de la terre
qui disparaissait parmi les arbres. Plusieu
fois la même lumière s'offrit aux yeu
étonnés d'Héléna qui m'en témoigna
surprise, mais je persistai à garder le silenc
alors une secrète terreur s'empara de s
imagination et me servit mieux que
n'aurais osé l'espérer.

Arrivés près de la tombe, nous no
assîmes sur ce banc de mousse , et, apr
quelques instans de recueillement, je di

'odefroi : « Mon fils, chaque fois que je
,, viens ci pour rendre hommage à la mé-
,, moire de mon ami, je me rappelle qu'il
,, m'a prié de vous servir de père, de veiller
,, sur votre bonheur, et en quittant sa
,. tombe je cherche à remplir ses vœux
,, sacrés. Ne m'accusez donc pas de lenteur,
,, ô mon fils, si je n'ai pu encore y parvenir;
,, Héléna s'y est opposée... » A ces mots un
profond soupir se fait entendre près du
tombeau... Héléna regarde Godefroi, pendant que lui-même porte autour de lui des
regards étonnés : elle se rapprochait invo-
lontairement de moi ; je profitai de cet
instant pour lui dire : je ne puis plus vous
cacher, Héléna, que vous êtes exposée à
des dangers que vous ignorez, et vous y
serez exposée aussi long-temps que des liens
indissolubles ne vous uniront pas à Godefroi. L'étranger vous cherche : vous n'avez
point de protecteur légitime. Un autre que
Godefroi croit pouvoir prétendre à votre
cœur et disposer de votre main. Bientôt peut-être vous vous repentirez,
Héléna, de ne pas avoir écouté mes
avis. »

Elle voulut répondre; mais une voi.
sépulcrale sortit des antres de la terre, e
prononça lentement ces mots : «Il es
« temps d'accomplir ma volonté.»

Saisie de frayeur, la fille de Rodolphe s
précipite à genoux, et, collant ses lèvre
sur la terre, elle s'écrie : ô mon père
ordonnez et je suis prête à obéir.

Après ces paroles, elle resta comm
anéantie dans une morne stupeur. Je l
soulevai doucement, et, la serrant dans me
bras, je lui dis : «venez, ma fille, rempli
votre promesse. Demain, lorsque l'auror
éclairera les forêts du Jura, je conduira
dans les bras d'Héléna l'époux que le cic
lui destine, et la seconde aurore nous verr
gravir les montagnes, où nous chercheron
une retraite assurée jusqu'à ce que l'ennem
se soit éloigné de Berne, et que nou
puissions revenir ici veiller près de no
tombeaux, et jouir du tranquille bonheu
que le ciel vous aura réservé.»

Le cœur de Godefroi était rendu à l'es
pérance : rempli de joie, et digne de cett
félicité dont son imagination exaltait encor
les charmes, il se jeta à mes genoux, plein

de reconnaissance, et passa une partie de la nuit sous les verds bocages de l'île, pour rendre grâces à Dieu de tant de bienfaits.

LETTRE XXI.

Sophie à Adelme.

Ile de St-Pierre, le . . . . .

A peine l'aurore venait-elle de couvrir de pourpre la cime élevée des Alpes, à peine le soleil commençait-il à réfléchir ses rayons sur leurs glaces éternelles, que Godefroi ivre d'amour et livré à l'impatience, parcourait déjà les jardins où Héléna devait se rendre pour se donner à lui pour toujours. Pour toujours! se répétait-il encore lorsque Gothard s'avançait près de lui, tenant Héléna par la main. «Oh! quel jour, Héléna! quel jour, s'écriait cet amant heureux! Tu es plus belle aujourd'hui que l'aurore qui se lève en orient, les cieux n'ont rien de plus doux dans leur immense sphère que

ce qu'expriment maintenant les regards;
l'astre amoureux des nuits, dans sa marche
pleine de majesté, n'a rien de plus divin
que toi... O Héléna! comment t'exprimer
le délire de mes sens? Ma raison est prête
à m'abandonner lorsque je pense que voilà
le jour où je vais te posséder... Tant d'at-
traits, tant de vertus, tant de nobles sentimens ont été créés pour le bonheur d'un
mortel, et cet heureux mortel, c'est moi!...
Dieu! en croirai-je la voix qui me l'assure?
N'est-ce pas un prestige qui me séduit et
me trompe? Répète, Héléna, ces mots si
doux, oh! répète-les ces mots : *à toi pour
toujours!* »

Tandis que Godefroi exprimait ainsi ce
premier amour, cet amour qu'aucun autre
ne peut égaler, on préparait la barque
légère. Bientôt la vague frissonne et la rame
fend l'écume qui réjaillit du rocher; bientô
nous voguons à pleine voile : les flots ar-
rondis s'abaissent et s'élèvent devant nous
et le batelier, en se courbant sur sa rame
chante un hymne à la divinité. Le bon
vieux Job mêle à ce chant sa voix tremblante : aujourd'hui pour la première foi

depuis long-temps la gaîté anime de nouveau son front sillonné par l'âge et la
douleur.

Sur le penchant du Jura, où de vertes
forêts venaient d'être éclairées par des
torrens de lumières, on apercevait la roche qui soutient sur ses bases le temple
de Dieu : son aspect, tout à-la-fois majestueux et pittoresque. fixait notre attention. C'est-là, disait Godefroi à sa bien
aimée, que je vais chercher avec toi le
bonheur.

Héléna qu'intimide l'approche de l'hymen, baisse sa modeste paupière ; elle
tremble, elle hésite... Un sentiment qu'elle
ne connaît pas effraye son innocence : elle
n'a point à ses côtés une tendre mère qui
aurait pu lui découvrir les mystères de
l'hymen.

En la regardant, je me disais : vous seules,
jeunes vierges, qui sentez brûler dans votre
ame ce feu pur qui sans cesse se renouvelle
et qui sans cesse se couvre du voile de la
pudeur, qui ne se manifeste que par la
rougeur involontaire dont se couvre votre
front virginal, et qui aussitôt commande à

G.

la paupière de se baisser pour que votre modestie ne soit point alarmée ; vous seules pouvez suivre Héléna sur l'onde tranquille, et lire ce qui se passe dans son cœur.

Bientôt nous approchons des bords, la barque frise le sable qui crie sous son poids; nous traversons le village de Gléresse, mais déjà là nos cœurs sont alarmés : nous voyons partout des guerriers étrangers qui nous considèrent attentivement. Cependant nous poursuivons notre route, et nou gravissons la montagne pour arriver at rocher où s'élève la tour gothique du temple. En suivant un sentier étroit e escarpé qui serpente parmi les rochers, j'avais été contraint de ralentir la march et j'étais resté en arrière. Tout-à-coup j me sens saisi par le bras ; je me retourne et quel est mon étonnement de voir dan celui qui m'arrête un des guerriers que nou venions de rencontrer !

« Vous êtes Bernois, me dit-il... Pourquo donc n'avez-vous pas fui ces lieux plutôt qu de venir exposer cette belle fille aux regard de ceux qui la cherchent depuis long temps ? »

Ces mots me troublèrent : ils me firent craindre le malheur trop certain qui nous attendait.

«Si vous pouviez fuir... ajouta l'honnête guerrier; mais la montagne me paraît ici trop escarpée : d'ailleurs on ne vous perdra plus de vue, je vous en avertis.»

Après ces mots l'étranger se glissa parmi les broussailles; et, saisi d'épouvante, je me hâtai d'arriver à la maison de Dieu, où l'on m'attendait avec une crainte mêlée d'impatience. Les regards de la tremblante Ichéna étaient fixés sur moi, et tout en elle peignait la plus vive inquiétude.

Godefroi m'interroge : je lui fais signe d'approcher de l'autel où le ministre de l'évangile attendait les nouveaux époux.

O Dieu! m'écriai-je, ne permettez pas que l'homme impie vienne troubler cet instant solennel.

Ma pensée ne me présentait aucun moyen de nous soustraire au pressant danger qui nous menaçait. D'un côté le Jura, de l'autre le lac qui borde toute la côte, empêchaient notre fuite. Jamais dans le cours de ma vie entière je ne m'étais trouvé

dans une position aussi effrayante, aussi
désespérée.

Pendant que je me livrais à mille pensées
douloureuses la cérémonie s'achevait : je
m'approchai de Godefroi et je lui dis à
voix basse, mon fils, je crains qu'on n
s'oppose à notre passage... On veut t'en
lever Héléna.

A ces mots ses yeux s'enflamment, so
front respire l'audace et la fureur.

Héléna qui ne connaissait point le sor
qui l'attendait, mais qui avait remarqu
l'altération de nos traits, éprouvait un
inquiétude vague. Sans lui parler de me
craintes je la presse de hâter ses pas. Nou
descendons rapidement la montagne. Ar
rivés près des bords du lac nous voyon
notre barque au pouvoir des guerrie
étrangers.

Notre malheur n'était que trop certain!.

Godefroi sourd à nos cris, s'élance da
la barque et y entraîne Héléna : « rend
moi, crie-t-il aux soldats, d'une voix men
cante, rendez-moi la nacelle et les rames.

Ils lui répondirent qu'ils avaient ord
d'emmener la fille de Rodolphe, et que

ne pouvait les dispenser de le remplir dans l'instant même.

« Eh bien ! dit l'amant d'Héléna avec un sang-froid apparent, vous ne me l'arracherez qu'avec la vie... Telle est la condition que je vous prescris... »

A ces mots la pâleur de la mort se répand sur la figure d'Héléna... Elle prie, elle supplie, qu'on n'attente point aux jours de celui qu'elle vient de recevoir pour époux à la face des cieux. Son air aurait attendri le sauvage habitant des déserts, mais le cœur des barbares qui dépeuplent l'Helvétie ne connaît d'autres vertus que celle qui leur enseigne une obéissance servile. Un seul des guerriers paraît s'attendrir : c'est celui qui m'avait suivi pour m'avertir du danger qui nous menaçait.

Bientôt un combat affreux s'engage. Le plus fort croit exterminer facilement le plus faible ; mais le faible s'arme de courage, il a de son côté la justice. Godefroi terrasse et précipite dans le lac ceux qui s'étaient emparé de la barque, on les voit lutter contre les flots et regagner le rivage où leurs mains s'arment du fer meurtrier, et ils se jettent

à-la-fois sur Godefroi. Mais, ainsi que le
sapin sur le haut des montagnes se plie et
résiste à la tempête, ainsi Godefroi se plie
pour éviter les coups qu'on lui porte : tel
qu'un roc battu par les flots, qui brave le
temps, l'orage et la foudre, ainsi l'intrépide
fils de Schwitz résiste aux traits que la
fureur lui lance : il a souffert jusqu'aprésent
l'insulte et la menace, mais on cherche à
lui arracher Héléna : il s'en aperçoit, son
bras se multiplie, sa bouche fait entendre
des paroles effrayantes ; ses yeux jettent des
flammes qui dévorent l'ennemi. Déjà il
s'était précipité à terre, il m'avait abandonné la rame ; Job retenait Héléna qui voulait
suivre son époux : l'adresse et le courage
avaient jusqu'aprésent tenu lieu de force à
la fille de Rodolphe ; elle s'était armée du
fer qu'elle avait arraché à l'un de ses ravisseurs, elle avait déjà délivré Godefroi de
plusieurs adversaires ; mais tels que des
tigres affamés, les barbares allaient fondre
sur Héléna, lorsque Job, respirant une
nouvelle vigueur au milieu du carnage,
vole au-devant de sa maîtresse et lui fait
un bouclier de son corps ; le fer l'atteint et

le blesse, il tombe ensanglanté dans les bras
d'Héléna. J'éloigne alors la barque à force
de rames; mais à peine ai-je mis les jours
d'Héléna en sureté, que j'essuie une nouvelle décharge, et qu'un coup de feu me
casse le bras.

Godefroi enflammé par la haîne et
dévoré par la soif de la vengeance, ne
respire que mort et que carnage : son bras
guidé par une puissance invisible, extermi-
ne tout ce qui l'approche : le seul qui avait
embrassé la cause de l'innocence opprimée
n'était point tombé sous ses coups. Enfin,
l'amant d'Héléna respire : il serre dans ses
bras l'étranger, et lui dit de le suivre ; ils
se jettent aussitôt à la nage et abordent
notre fragile esquif.

Jamais bonheur de se retrouver après
un si grand danger, ne fut mieux senti.

O Héléna, jamais un cœur sensible ne
sut témoigner avec plus de douceur et de
grâce sa vive reconnaissance. Mais quelle
fut ta douleur et ta tendre sollicitude en
voyant nos blessures!

Je m'efforçai de rassurer Héléna et de
lui persuader que la vie du fidèle Job n'était

point exposée : quant à mon bras , lui dis-je
avec vivacité , pouvais-je à mon âge l'avoi
conservé pour une cause plus juste et plus
glorieuse ?

L'épouvante et l'horreur qui s'étaien
emparées de la fille de Rodolphe lorsqu'elle avait vu en danger les jours de son
époux , avaient banni de son cœur tout
autre crainte ; sa timidité avait fui, e
maintenant son ame tendre exprimait no-
blement l'amour pur qui régnait dans son
cœur.

Toute notre attention se porta alors
vers le guerrier étranger qui s'était si généreusement dévoué à nos intérêts. Nous
voulûmes savoir de lui la raison qui l'avait
engagé à se tourner contre ses compatrio-
tes, et à nous servir. Voici ce qu'il nous
répondit :

« Pourquoi rougirait-on d'avouer ses
torts , lorsqu'on cherche à les réparer, après
les avoir long-temps regrettés ? (1) L'OEchtland, non loin du Simmenthal, est mon pays:
je n'avais jamais vu que des bergers , des
troupeaux, de la verdure, de la neige et
des glaces ; j'avais quelquefois entendu par-

ler de la ville, et je disais à mon père:
ah! je voudrais bien voir une ville! Après
beaucoup d'instances, il consentit à me
conduire à Thun. Que de fois depuis n'ai-
je pas répété: si je n'avais pas été à la ville,
je n'aurais pas été chassé et banni de mon
pays?... C'est mon voyage à la ville qui a
été la cause de tous mes malheurs. En re-
venant de Thun, le long de la route je
causais avec mon père de tout ce que nous
avions vu, et, pendant que je lui faisais part
de ce qui m'avait le plus frappé, nous vîmes
devant nous le château d'A..., près duquel
nous suivîmes un sentier à travers la forêt.
Qui aurait dit que c'était-là le chemin qui
me conduirait au crime? »

« Après avoir causé sans cesse jusqu'alors,
tout-à-coup je ne dis plus mot. J'avais vu au
pied d'un arbre un être qui me semblait
descendu du ciel : j'arrêtai mon père
par le pan de son habit, et je lui dis d'un
air mystérieux: n'est-ce pas-là un ange tel
qu'on nous les peint dans la chapelle de
la Vierge?---Tais-toi, répliqua-t-il, c'est
la fille du seigneur bailli... --C'est la fille du
seigneur bailli! repris-je... O mon père,

qu'elle est belle! Je fus bien plus ravi encore lorsque je la vis se lever et nous dire en
passant le salut des bonnes gens : « hommes
du Simmenthal, vous faites un long voyage,
n'êtes-vous pas bien fatigués?...» Mon père
seul lui répondit ; car, pour moi, il m'aurait été impossible de parler. »

« Lorsque nous fûmes de retour sur la
montagne, je ne rêvai que de la belle fille
de monseigneur le bailli, et aux moyens
de la voir encore. Enfin, il fallut satisfaire
mon désir : je priai un de mes jeunes voi-
sins de garder mes génisses ; et comme le
chamois, je sautai de rocher en rocher, en
suivant la direction la plus droite vers la
forêt. Là, j'attendis des heures entières
jusqu'à ce que la fille du bailli parut. Elle
venait s'asseoir à l'ombre pour lire quelques
beaux livres auxquels je ne comprenais rien.
Pendant ce temps je me tenais caché derrière un arbre, et je ne cessais de la regarder. Lorsqu'elle partait, le temps m'avait
toujours paru trop court, et en retournant
avec la même vîtesse sur la montagne, je
me disais : ah! si je n'étais pas un pauvre pâtre sans bien et sans esprit, je pour-

rais peut-être prendre pour femme la fille
du baili ; mais elle ne voudrait surement
pas de moi : oh non, surement ! Tout en me
disant cela je me préparais à retourner à
la forêt. Enfin, ma pauvre tête était toute
renversée ; un démon possédait mon cœur,
car sans cela je n'aurais jamais fait ce que
je vais vous raconter. »

« Caché derrière un grand arbre, je la
considérai long-tems, lorsqu'un jour une
méchante pensée me vint : je m'avançai
doucement près d'elle, et en tremblant je
lui dit : « Mam'selle, je vous aime d'un
amour extrême. » A ces mots, elle partit
d'un grand éclat de rire. Bien loin de m'ef-
frayer, cela m'irrita et m'enhardit ; je la
pris dans mes bras, et malgré ses cris je la
tins serrée sur mon cœur. Je trouvais cela
si doux : elle se débattait, je fis un faux
pas, mon pied glissa, et nous voilà tous
deux tombés sur le gazon : ma bouche en
ce moment vint à toucher la sienne, et j'en
perdis tout-à-fait la raison. Qu'arriva-t-il ?
Les gens du bailli qui avaient entendu des
cris accoururent, me saisirent, me lièrent
les mains, et je fus enfermé dans la tour du

château jusqu'au lendemain. Bientôt dans le pays on apprit mon malheur.... Mon père me chargea de sa malédiction, et deux jours après, on me conduisit à Berne pour y être jugé. »

« Je parus devant Rodolphe, votre respectable père. Il m'interrogea avec douceur, me réprimanda avec sévérité, et me dit que, d'après une action semblable, il se voyait forcé de m'exiler pour vingt ans de mon pays, et qu'il ne me restait d'autres ressources que celles d'aller servir l'étranger; qu'ayant pitié de moi et de mon inexpérience, il voulait bien s'intéresser à moi, afin que je ne fusse pas trop malheureux: il me donna de l'or et une lettre adressée à un colonel qui était alors dans une ville au-delà du Jura. »

« Je priais, je pleurais jour et nuit, mais tout cela ne me servait à rien: il fallu quitter les montagnes. Ce n'était pas même dans un régiment de mon pays que je pouvais m'engager; non, cela était défendu: on m'envoyait vivre parmi des étrangers don je ne connaissais ni la langue ni les mœurs. »

« Que de tourmens n'ai-je pas enduré

jusqu'au moment où l'on m'a dit que nous
allions en Suisse pour donner la liberté et
le bonheur au montagnard. Je croyais que
la joie me ferait perdre la tête. J'allais revoir nos montagnes, nos troupeaux, le ciel
de mon pays, les glaces du Niésenhorn et
du Stokhorn, les eaux de la Simmen et de
l'Aar, et peut-être allais-je obtenir le pardon de mon père? Mais que ces momens
de joie ont été courts! Depuis, mes peines
ont été bien plus grandes. Maintenant je
verse des larmes comme au temps ou j'ai
dû quitter mon pays, et je ne trouve quelqu'adoucissement à mes maux que depuis
l'instant où j'ai entrevu la possibilité d'être
utile à la fille du brave Rodolphe. Le ciel,
qui semble vouloir la protéger, m'a choisi
pour être l'instrument de sa délivrance, en
l'avertissant du sort qui la menace. »

« Si vous ne voulez pas dédaigner les avis
d'un homme tel que moi, quittez au plutôt le lac et ses bords. Celui qui brûle de
vous posséder, fille de Rodolphe, a tout
pouvoir à Berne: il sera furieux lorsqu'il
apprendra la défaite et la mort de ceux
qu'il a envoyés à votre poursuite. »

« Daignez me prendre à votre service. Je vous assure que vous n'aurez pas à vous plaindre de moi : je veux m'acquitter près de vous de la dette que j'ai contractée envers votre père. Une bonne action n'est jamais perdue. Je me souviens du jour où lui seul m'a donné quelques consolations : ce jour m'est encore présent, et je me trouverais heureux maintenant si je pouvais vous être utile. Comptez sur moi, ne craignez rien : je suis devenu un honnête homme depuis ce jour fatal où j'ai fait serment devant Dieu que ce cœur n'aura plus d'amour. »

LETTRE XXII.

Sophie à Adelme.

Ile de St.-Pierre, le . . . .

Nous remerciâmes l'homme du Simmenthal de son généreux dévouement, et nous lui promîmes de partir et de le prendre avec nous. Cette promesse le remplit de joie.

Nous abordâmes à l'île où l'épouse de
Godefroi s'empressa de soulager les maux
ue ressentait le bon vieux Job : elle in-
errogeait la nature et cherchait au sein des
plantes le dictame salutaire pour hâter sa
guérison. Les tendres soins d'Héléna nous
irent bientôt oublier nos douleurs, et nous
c fûmes plus occupés que de son bon-
ieur.

Il m'est doux de me rappeler les seuls
natans qui n'ont pas été marqués par la
cine et par le désespoir.

Là, sous ces hauts arbres, j'avais fait pré-
a er une tente qui renfermait la couche
uptiale : cette couche était surmontée
d'une couronne de fleurs fraîches écloses,
laquelle étaient suspendus les voiles qui
e aient dérober au jour naissant le front
e la jeune épouse coloré des roses de la
pudeur. A l'entrée du temple de l'hymen,
exhalaient les parfums de la violette des
ois, de l'aubépine nouvelle et de l'églan-
ier sauvage, dont les rameaux tortueux
hargés de roses et de feuillages se pen-
aient sur les tissus éblouissans qui recou-
raient la tente ; et à l'entrée du bocage

étaient placés deux bancs couverts de
mousse et entourés de festons de fleurs
Ce temple formé par la nature et par la
main de l'amitié, venait d'être éclairé pa
un flambeau céleste.

La lune s'élevait sur la noire forêt : ja
mais l'haleine des vents n'avait répandu une
aussi douce fraîcheur, jamais le ciel n'avai
paru plus propice aux tendres amours. L
nature entière respirait la volupté, et tou
ce qui nous entourait semblait nous dire
c'est ici l'empire de l'amour.

A ma voix s'étaient rassemblés, sur le
bords du lac, les vierges et les jeunes pâ
tres : les uns dirigeaient les barques tand
que d'autres enflaient le cor rustique pou
éveiller les échos du Jura. Bientôt les jeu
nes filles font entendre leurs voix douce
et sonores, et appellent la reine des écho.
habitante de la roche solitaire, qui répè
avec tant de précision et d'harmonie l
sons réunis de l'accord parfait : sa vo
semble se composer de plusieurs voix :
cette voix a un charme qu'il serait diffici
d'exprimer à celui qui ne l'a pas ente1
due.

Nous étions assis sur les bords de l'île, où nous vîmes approcher la troupe qui célébrait par ses chants le nouvel hymen.

Le lac était éblouissant des rayons argentés de l'astre des nuits, les étoiles se réfléchissaient sur le cristal des eaux, et le Jura nous présentait un magnifique tableau du clair-obscur, tableau que le pinceau céleste venait d'achever avec un art inimitable.

En approchant de l'île les jeunes filles, tandis qu'elles balançaient dans l'air des guirlandes de fleurs qui, d'une barque à l'autre, tenaient leurs mains enchaînées, nous faisaient entendre ces paroles:

«Vierge des bords de l'Aar, c'est l'amour
« qui t'appelle; connais sa voix. Elle est
« plus douce que l'haleine des vents du
« soir; elle est plus fraîche que la rosée
« des nuits sur le haut des montagnes.»

« Vierge des bords de l'Aar, l'amour
« ici t'appelle: il erre impatient sous des
« bocages sombres. Les vents de la mon-
« tagne se jouent dans sa blonde cheve-
« lure, et le cristal des eaux réfléchit les
« charmes de sa douce figure.»

11

« Vierge des bords de l'Aar, l'amour
« t'ouvre ses bras: dans l'île, sous de verds
« feuillages, il enseigne à l'hymen à char-
« mer les loisirs : il veut resserrer des
« nœuds que forma ton hymen ; il s'unit à
« l'hymen pour te rendre au bonheur. «

En chantant ainsi la jeune troupe s'était
approchée près de nous. Tandis qu'elle
formait un rond, en entrelaçant des guirlandes, les jeunes filles disaient : « Nous te
« saluons, ô épouse de l'helvétien ! Fille
« de Rodolphe le brave, nous te saluons. »

Les jeunes pâtres reprenaient :

« Fils de Hans le valeureux, nous te
« saluons. »

« Fils de l'antique Schwitz , nous te
« saluons. »

Ils répétaient tous ensemble :

» Puissez-vous couler des jours dans la
« paix et dans l'abondance : les Alpes jus-
« qu'aux cieux ont porté vos vertus. »

» Chaste fille des bords de l'Aar, ton
« exemple sera cité aux vierges de l'Hel-
« vétie, les monts retentiront des chants
« de tes vertus. »

» Fils du brave de Schwitz , ton nom

« sera cité aux fils de l'Helvétie ; les monts
« retentiront des chants de tes vertus. »

Après ces paroles, les jeunes filles entourent de leurs guirlandes les nouveaux
époux ; les jeunes pâtres sonnent le cor rustique, et les jeunes amans se dirigent au
temple où l'amour les attend.

Héléna, vivement émue de tout ce
qu'elle venait de voir et d'entendre, prit
ma main, la serra sur ses lèvres, et me dit
avec attendrissement : — «Gothard, vous
avez aujourd'hui tenu lieu de père... O
mon amis, le jour de demain sera-t-il aussi
beau que ce soir qui s'enfuit semble nous
promettre? »

— «Ma bien-aimée, reprit Godefroi, ne
trouble point par de funestes pressentimens l'instant que les dieux ont formé
comme me rendre l'amant le plus fortuné. »

En parlant ainsi, nous arrivâmes à l'entrée du bocage où était la couche nuptiale.
Les jeunes vierges nous devancèrent, et
semèrent de fleurs les portiques du temple rustique.

Un profond silence commence à régner.
Les voix du Jura se taisent, la vague qui

se brise sur le rocher adoucit ses bruits, les vents retiennent leurs haleines, la pudeur abaisse son voile, et l'hymen découvre à l'amour ses plus doux mystères.

Oh! qu'ils ont duré peu ces momens de bonheur, semblables à l'ombre qui s'arrêt sur le revers de la montagne et qui s'effac lorsque le soleil l'a frappé de ses rayons semblables à l'éclair qui brille et qui dis paraît au milieu d'une profonde nuit, e semblables encore à cette vague qui s'élèv et qui s'abaisse pour venir en bouillon nant se briser sur le rocher.

Comment peindre l'horreur de mon dé sespoir? Comment verser assez de larm sur les malheurs qui accablèrent les triste enfans de l'Helvétie?

L'ennemi, non content de leur avoir ravi biens, repos, amis, patrie, appelai dans leur sein un monstre dont la tête hé rissée de serpens annonçait les plus sinis tres présages. L'homme crédule prêtai l'oreille à la voix que faisait entendre l discorde: à cette voix, la fureur et l désespoir entrèrent dans son cœur. La dis sention, armée d'un triple glaive, parcou

rait les bords de l'Aar ; et celui qui n'avait
point trouvé la mort à la funeste journée
de Newenegg, voulait lui-même la donner
à ses amis, à ses frères, et ne respirait que
destruction, que sang et que carnage.

Des insinuations perfides s'étaient glissées
dans son cœur, et la conquête de Berne
lui paraissait une suite certaine de la tra-
hison des chefs qui n'étaient point tombés
sous les coups de l'ennemi.

Ce cruel aveuglement mit enfin le comble à nos malheurs. Déjà, les soldats furieux avaient massacré plusieurs braves,
seuls soutiens de leur malheureuse patrie ;
mais ce nombre ne satisfaisait pas encore
leur rage : dans ce nombre, Godefroi ne se
trouvait pas. Son éloignement déposait
contre lui, et il semblait aux yeux de la
multitude égarée plus coupable que celui
qui était resté tranquille spectateur des
malheurs de Berne.

Il faut le chercher, il faut le trouver, répé-
aient de sinistres voix. Les antres de la terre
ne sont point assez profondes pour le dérober à l'œil étincelant de la fureur.

Six fois l'astre du jour avait terminé sa

carrière, et six fois les voiles de la nui
avaient enveloppé l'univers depuis qu'on
poursuivait Godefroi dans les détours le
plus reculés des montagnes. Enfin la renom
mée que rien n'arrête dans sa course ra
pide, qui rarement cause le bien et qu
plus souvent fait le mal, cette messagère
hélas! trop fidèle, avait déjà franchi le lac
les chemins qui conduisent à Berne, ceu
qui traversent les montagnes, et avait ra
conté les exploits de Godefroi, son hyme
avec la fille de Rodolphe, la défaite d
l'ennemi, et le séjour d'Héléna à l'île d
St.-Pierre.

Le montagnard d'accord avec l'enner
qui le trompe et qui abuse de sa crédulité
trame la perte de Godefroi, et veut livre
Héléna aux embrassemens impurs de cel
qu'enflamme une passion criminelle.

Cette même nuit où l'amour combla
les vœux les plus chers de Godefroi, où l
bonheur semblait sourire à Héléna; cett
même nuit, infidèle à ses douces promesse
allait prêter ses ombres au crime, et déj
enveloppait d'un voile sombre les funeste
desseins du coupable.

Des rêves effrayans vinrent troubler mon
sommeil Oh! ne devais-je pas les regarder
comme un avertissement secret du ciel?
Ne devais-je pas fuir avec mes amis, au
fond des forêts? Oh non! une blâmable
sécurité anéantissait mes sens et me com-
mandait le repos à l'approche du danger.

Tourmenté par un funeste pressenti-
ment, j'avais quitté une seule fois le chevet
où reposait ma tête, et, parcourant les
bords de l'île, je m'étais assuré qu'aucun
danger ne menaçait mes jeunes amis.

Un profond silence régnait dans l'air et
sur les flots. Près de Nidau (*m*) seulement
j'apercevais quelques lumières se bercer et
flotter sur la surface des eaux ; mais c'était
vers l'heure où le batelier matinal a coutume de franchir le canal de la Suse pour
voguer à pleine voile sur le lac vers Neu-
châtel, où il va échanger le froment pour
du vin.

Plus rassuré j'allai de nouveau me
livrer au sommeil, me promettant de
suivre avec les nouveaux époux le chemin
des montagnes lorsque le soleil éclairerait
leurs routes tortueuses.

A peine le jour se levait-il du sein des nuits, qu'un bruit sourd vint frapper mon oreille : il était semblable au bruit des flots de la mer lorsqu'ils cèdent aux efforts du vaisseau qui les presse. Au même instant, l'homme du Simmenthal accourt près de moi, l'œil en feu, l'air égaré, et les vêtemens en désordre. Ah! s'écrie-t-il, nous dormons, et les voilà!... nous sommes perdus!

Je le suis aussitôt sur les bords du lac. Là, j'aperçois un grand nombre de barques qui entouraient l'île; elles étaient chargées de guerriers. Je reconnus parmi eux des Helvétiens, et je me rassurai. Mais quelle fut ma terreur lorsque je leur entendis prononcer ces paroles foudroyantes : « Où est le perfide Godefroi, le traître qui a aidé à livrer Berne ? Endormi dans les bras de la mollesse, il ne songe pas que nous venons lui apporter le châtiment dû à son crime... Et celle qui partage avec lui sa honteuse retraite!... Qu'elle vienne! Sa beauté la sauvera de la mort. Le conquérant étranger demande ses caresses : elle lui avait promis son amour, mais Godefroi a su l'enchaîner et lui faire oublier

ses promesses : qu'elle vienne donc, qu'elle
s'humilie, et sa grâce lui sera accordée ! »

« Insensés, leur criai-je, pourquoi venez-
vous troubler ici le silence du tombeau des
braves morts pour la patrie ? »

« Ici reposent l'illustre Rodolphe de Berne, le valeureux Hans de Schwitz : non satisfaits du sang qu'ils ont versé pour vous, vous
voulez encore immoler sur leur tombe ce
fils, cette fille, qu'ils chérissaient ; Godefroi,
Héléna, que l'atroce calomnie a osé noircir
devant vous.. O Helvétiens, ne chargez
point votre conscience de forfaits. Voyez le
juge suprême assis sur son trône éclatant :
à son aspect l'astre du jour pâlit, le firmament s'étonne et tremble, la terre frémit
de terreur, l'homme s'abaisse dans la poussière et demande aux montagnes de le
couvrir, de le dérober à la vue de l'Éternel :
mais ses foudres ébranlent la voûte céleste,
son tonnerre annonce sa majesté : par son
ordre, les vents soulèvent les abymes, et
l'homme coupable reparaît devant sa face.
Ne craignez-vous pas cet instant terrible,
où l'innocence vous accusera devant le Très-
haut ; où le juge suprême vous enverra

11.

grossir le nombre de ceux qui par leurs
éternels gémissemens font retentir la sombre voûte des demeures infernales?... Si
vous ne craignez rien, venez multiplier
vos victimes; venez immoler l'innocent
à votre rage ; venez soulever les tombeaux afin que les morts déposent contre
vous... Prenez d'abord ma vie, je ne
puis plus la défendre; après cette action,
si vous l'osez encore, rougissez vos mains
du sang de l'innocence. »

A ces mots, un morne silence régna parmi
les guerriers. La fureur de l'Helvétien parut
se calmer : j'espérais, je craignais, je
tremblais....

Avant de leur parler j'avais envoyé
l'homme du Simmenthal près de Godefroi,
lui dire de diriger ses pas vers la grotte au
bas de la colline, d'y cacher Héléna et de
se dérober lui-même au sort qui le menaçait.
Mais le brave Godefroi ne voulut point me
laisser exposé seul à la fureur de cette
troupe barbare : il accourut lorsque je
prononçais ces mots : « Prenez ma vie, je
ne puis plus la défendre..... » Sa présence
me remplit de terreur : je vis de nouveau

e feu de la vengeance circuler parmi les
guerriers. Cependant l'air noble et assuré
de Godefroi leur avait d'abord imposé le
respect et l'étonnement : il leur parla ainsi :

« Helvétiens, qu'exigez-vous de moi ?
Pourquoi vous réunissez-vous à vos ennemis pour venir me surprendre ? Est-ce ainsi
que nous en avons agi jusqu'aprésent ? »

— « Abandonne-nous la fille de Rodolphe,
écrièrent-ils tous à-la-fois ; nous verrons
lors si tu es digne d'obtenir le pardon. »

— « Je n'en ai point à vous demander,
reprit avec feu Godefroi ; la justice et mes
actions parlent assez pour moi ; mais,
Helvétiens, je vous implore pour Héléna ;
ayez du moins, sauvez son honneur et sa
vertu : n'abandonnez pas à l'étranger la
fille du valeureux Rodolphe. »

« Si vous n'écoutez pas ma suppliante
voix, vous la payerez cher cette conquête
que vous m'enviez : la dernière goutte de
mon sang prêtera encore des forces à mon
bras pour la défendre. »

À ces mots l'ennemi devint furieux.
Elle tremble sous le nombre d'hommes qui
s'élancent sur le rivage : les flots mugissent

sous le poids des barques , et les rochers
rendent de sourds gémissemens sous le fer
des guerriers.

Mais tel qu'un roc qui brave la foudre et
les tempêtes , Godefroi reste calme au milieu de la troupe ennemie , et répond avec
assurance et avec sang-froid aux fausses ac-
cusations dont on le charge. On l'écoute ,
on le regarde , on l'admire , et personne ne
l'interrompt.

Le vieux Job , dévorant ses douleurs et
cachant ses blessures , venait de se traîner
à pas lents au milieu de nous. Son air vénérable , sa tête blanchie dans l'exercice
des vertus , inspirent à l'Helvétien le respect et la crainte : plusieurs d'entr'eux se
glissent dans l'ombre et se cachent derrière les arbres pour se dérober à sa vue ;
mais Job déjà les avait aperçus : il les appelle à haute voix et leur dit : «Votre
cœur médite un crime puisque vous n'osez
vous laisser voir ; vous craignez les repro-
ches de celui qui autrefois vous estimait.
Si vous avez encore un sentiment de honte ,
aujourd'hui vous reconnaîtrez vos erreurs ,
et vous reviendrez à la vertu. Helvétiens,

l'étranger vous trompe. Voyez ici à l'ombre
de ces arbres verts, le tombeau de Hans de
Schwitz et de Rodolphe de Berne, deux
braves morts pour la patrie : voyez ce
tertre, cette urne, ce marbre que de pieux
enfans arrosent chaque jour de larmes
amères ; voyez ces fleurs qu'ils apportent
ici au lever de chaque aurore : c'est un
couple vertueux qui s'est uni à la face des
cieux, que vous voulez livrer à la honte et
à la mort : c'est vous qui voulez permettre
que le déshonneur flétrisse la vertueuse
fille de Rodolphe, de celui qui si long-
temps fut votre guide, votre protecteur et
votre père... Oh! non, je ne puis le croire,
Helvétiens, vous n'avez point sucé le lait
d'une tigresse!... Vous avez été nourris du
lait pur de nos génisses; vos cœurs doivent
être doux et compatissans, et non pas mé-
chans et féroces. »

« Toi, Werner de la colline, toi Michel
de la forêt, et toi Roderich du Grimsel-
wald, est-ce bien vous que je vois ici ?....
Mes yeux ne me tromperaient-ils pas ?...
Ce n'est plus-là cette main que vous met-
tiez dans la mienne en signe d'union et de

paix; cette main est armée d'un fer homi-
cide!... Oh! faut-il que la fin de mes longues années se prolonge assez pour que je
vous trouve indignes du nom que vous por-
tez! Pourquoi le ciel n'a-t-il pas permis
ma mort avant ce terrible jour qui vous
montre coupables à mes yeux? ce terrible
jour qui doit éclairer vos forfaits!... Mais
du moins écoutez-moi : si rien ne peut
vous rendre à vous-mêmes, à votre patrie,
à vos amis; remplissez le vœu que je forme,
immolez-moi à votre haîne avant d'atten-
ter aux jours de Godefroi... Que je tombe
le premier sous une main qui jadis serra
la mienne! Qu'elle déchire maintenant ce
cœur qui battait au nom de Werner de la
colline. Je mourrais de douleur si je voyais
livrer la fille et l'épouse du brave à des
impies, à des étrangers dont j'abhorre les
crimes et jusqu'au nom. «

« Viens, Werner de la colline; autrefois ton ami buvait avec toi au bonheur des
fils de la montagne; aujourd'hui le fer a
dans ta main remplacé la coupe de la
paix. Lève ton bras sur ton vieux cama-
rade : alors l'Helvétien pourra dire, tout

est fini pour nous ; nous n'avons plus ni
vertus, ni amis, ni patrie !...»

A ces mots Werner, dont les yeux se
mouillaient de larmes, vient se jeter aux
pieds de Job, et s'écrie : « oh! qui pourrait devant toi devenir criminel ? Qui
pourrait ne pas être frappé de tes paroles ?

ui pourrait en te voyant, perdre le souvenir de ce que nous étions dans les jours
de bonheur ?... »

Roderich et Michel avaient suivi Werner et embrassaient les genoux de Job,
mais ils ne pouvaient parler : de leurs cœurs
oppressés s'échappaient quelques soupirs.

Quel fut ton pouvoir, vénérable vieillard! Ces fiers montagnards qui avaient
encore, il n'y a qu'un instant, un air terrible et menaçant, les voilà tombés à tes
pieds : leur front orgueilleux s'abaisse devant toi, et tu appelles les larmes sous leurs
paupières... Ils sont eux-mêmes surpris de
l'émotion qu'ils éprouvent, et ils s'écrient,
en te serrant dans leurs bras : « O vertu!
quel est ton empire !... Pardonne! pardonne, vieux Helvétien... Toi, notre ami, toi
qui restas fidèle à la patrie ; ne redis point

à cette malheureuse patrie nos erreurs
cache - les à tous les yeux, cesse de le
compter pour que tu puisse toi-même le
oublier encore! Quelquefois on s'égare
mais on ne devient point méchant lors
qu'on a été bon. »

A ces mots Job les relève, les rassure, e
leur fait signe de se ranger près de Gode
froi pour lui prouver leur repentir.

Les trois montagnards se hâtent d'exé
cuter sa volonté : tous les Helvétiens aussi
tôt les suivent et vont abaisser devant Go
defroi le fer qui tantôt allait se lever su
lui... Mais ils n'osent fixer le brave qu'il
ont outragé ; la honte tient leurs regard
attachés à la terre. Cependant les parole
que Godefroi leur adresse leur rend cett
noble fierté qui semblait les avoir aban
donnés tant que leurs cœurs avaient médi-
té une action indigne d'eux.

« Fils des montagnes, je vous retrouve
donc, s'écria Godefroi : la mort me paraî-
tra moins amère à présent que je sais que
vous n'aurez pas à vous reprocher de m'avoi
immolé à votre injuste haine : ce n'est point
à ma vie que j'attache du prix, mais mon

œur s'occupe de votre gloire et de ce nom
'Helvétien que les races futures n'enten-
ront point prononcer avec indifférence ;
e ce nom que je n'aurais pu voir flétrir par
es actions indignes de vous, sans mourir
 regrets et de douleur. Fils des Alpes,
 ez à moi. Que l'étranger qui a voulu
 user de votre bonne foi, reconnaisse en
 e instant combien il s'est trompé ; qu'il
 oie avec un dépit égal à ses forfaits, ce
 u vous êtes, et ce que vous serez tou-
 urs. »

 Montagnards, il n'y a pas de honte à
 urir en brave ; mais il y a de la honte à
 e aisser vaincre pour vivre encore. »

 ous les dangers qui nous menaçaient
 e blaient s'être dissipés : les bras qui al-
 ai nt seconder nos efforts, quoiqu'infé-
 ic rs en nombre à ceux de nos ennemis,
 vaient la force en partage : la haute sta-
 ure de nos braves montagnards, ce front
 ui respire l'audace, ce regard menaçant,
 ui enfin nous promettait un succès cer-
 ai .

 Tandis qu'occupés à calculer l'attaque,
 à chasser l'ennemi, à nous maintenir dans

la possession de ce coin de terre jusqu'a
moment où, libres d'un joug dont nou
avions horreur, nous puissions traverse
les montagnes, des soldats se détachent d
la troupe ennemie; ils parcourent les sen
tiers les plus déserts de l'île pour découvri
la retraite d'Héléna. Quelle fut notre ter
reur lorsque nous la vîmes accourir le
yeux égarés, les cheveux épars, respiran
à peine. La terre fuyait sous ses pas, com
me la vaste sphère fuit sous le vol de l'oi
seau à l'aspect des tempêtes... Poussant de
cris de frayeur, la fille de Rodolphe vient se
jeter entre les bras de son époux. Comme
le lierre embrasse de ses innombrables ra
meaux le chêne antique, ainsi Héléna s'en
lace et se serre autour de celui auquel de
barbares veulent l'enlever. Héléna...
Godefroi.... étaient les seuls mots que ce
époux infortunés purent prononcer. Déj
les guerriers accouraient sur les pas d'Hé
léna, et leur nombre semblait se multiplie
autour de nous. Godefroi couvre de sor
corps sa bien-aimée; il cherche à la cacher
à tous les yeux, tandis que l'étranger la
lui demande à grands cris, qu'il jure d'épar

guer le sang prêt à couler, s'il lui abandonne celle que les droits de la guerre lui
accordent. A ces mots, les yeux de Godefroi s'enflamment, son bras se lève , et fait
briller dans l'air un fer étincelant. Werner
ne peut contenir sa rage , il répond à ces
menaces avec dédain et hauteur : tout son
corps tremble d'impatience de se venger
sur celui qui ose parler ainsi. Héléna le reconnaît ; c'est le même qui déjà l'a tenue
captive. A cet aspect elle frémit , une pâleur mortelle couvre son front ; mais les
dangers qui menacent son époux soutien-
nent son courage. Comme lui elle s'apprête
au combat : Godefroi la presse par les plus
tendres paroles de ne pas exposer une vie
qui lui est si chère ; il appelle autour d'elle
ses amis. « Gothard, Job, ô mes amis, ca-
chez-la, dérobez-la à tous les yeux, sauvez-
la du péril qui la menace. »

Nous entourons Héléna de nos corps,
nous formons autour d'elle un rempart
impénétrable. Cette vue irrite l'ennemi :
il s'avance d'un air menaçant ; la mort
vole devant ses terribles bataillons, et l'Helvétien devient la victime de celui dont les

forces toujours nouvelles finissent pa
l'accabler.

Ainsi l'on voit le mont rocailleux résiste
aux fureurs des tempêtes, mais ses rocher
éclatent, et tombent sous l'explosion d
salpêtre enflammé.

C'est en vain, Werner, que tu cherche
dans ton courage et dans ta force l'excus
de tes fautes passées : tu ne peux te les par
donner , tu veux doublement réparer ce
courts instans d'erreur, en t'exposant mill
fois pour le fils de Schwitz. Tu pares le.
coups qui doivent le frapper ; douze foi.
tu lèves un regard farouche sur les ravis
seurs d'Héléna , et douze fois tu retires d
leurs entrailles ton fer ensanglanté. Mai
que te sert ton audace ? Tandis que tu
cherches à garantir Godefroi du trépas
l'ennemi épie un instant favorable pour t
porter la mort : il t'atteint à la tête, et t
voix murmure et gronde comme l'aquiloi
à travers les vastes forêts : tu tombes, Wer
ner , comme le chêne antique qui cède enfi
aux coups redoublés de la hache. Sous to
poids la terre tremble. Tout gémit, et un
dernière larme humecte la paupière de Joh

Votre front altier se lève avec orgueil,
braves montagnards, qui nous restez encore.

Tels que des masses énormes qui écrasent
ans leur chute tout ce qui les environne,
vous frappez, vous exterminez, et déjà
oderich a vengé la mort de son ami Werner.... Mais une terrible brèche s'est faite
nos faibles remparts; Godefroi confie
léna à mes soins, aux soins de Job; et
rend la place de ceux qui ne sont plus.
et qu'un nuage où s'assemblent les ton-
erres, son front s'est obscurci, ses yeux
évorent l'ennemi, et son bras porte cent
corps en moins d'un instant. Quelquefois
hâte de s'élancer au milieu de la mêlée,
mais une pensée le retient... Si l'ennemi
entrait auprès d'Héléna. A cette pensée
reste enchaîné à la terre comme le pin
ile é reste enchaîné à la montagne, lorsqu'un roc de glace roule de sa cime et tente
le l'entraîner dans sa chute.

A quoi te sert, Godefroi, cette crainte
et cette tendre sollicitude pour Héléna?
Les braves qui t'entourent sont en petit
nombre, et la valeur qui les anime hâtera
sa perte. Tandis que divers sentimens

d'appréhension et d'effroi pour la vie d'Héléna naissent dans l'ame de l'Helvétien,
il lève un bras menaçant : l'étranger plus
calme profite du jour qui se fait dans les
rangs, il se courbe, s'élance et se jette sur
ceux qui environnent la fille de Rodolphe.

Là, il termine la carrière du vertueux
Job ; d'autres portent des coups meurtriers
à l'homme du Simmenthal, et s'emparent
de l'épouse de Godefroi, qui par la douleur
d'une blessure qu'elle reçoit à la main, est
forcée d'abandonner le fer avec lequel elle
se défendait.

Godefroi voit les dangers qui environnent sa bien-aimée... O Dieu! quel spec
tacle !... Aussi rapide que l'éclair qui brille,
il s'est précipité sur les ravisseurs ; mille
coups partent de sa main.

Roderich et Michel, comme deux roches qui tombent du Schreckhorn, s'é-
lancent dans la mêlée ; ils font voler leurs
larges épées comme l'ouragan vole sur une
mer en fureur.

Mais, ô Helvétiens, le nombre vous accable. Depuis que vous combattez cent
barques ont fendu l'onde, et le général de

'armée ennemie vient lui-même, entouré
'une pompe étrangère, demander la main
Héléna. Sur la barque du conquérant
ottent les drapeaux qu'il a conquis ; plus
oin, les étendards diaprés tracent des cer-
es au milieu des airs, comme l'arc-en-
el après l'orage. Dans la barque où le con-
uérant est assis sur un siège richement
oré, s'élève et s'arrondit en dôme un tissu
à brillent l'or et l'argent ; quatre piques
richies de pierres précieuses le soutien-
, et laissent l'air se jouer dans ses plis
ans.

ux côtés du vainqueur, une musique
se fait entendre : tantôt elle semble
et nous environner d'accens plaintifs ;
des accords plus gais, portés sur
des vents, vont frapper les rochers
ura, et en tirent une douce harmonie.
ces sons magiques le combat cesse ;
reste interdit, tout reste anéanti....
froi serre son amante dans ses bras ;
semble que tous les dangers ont fui :
sens sont énivrés par le charme de
monie.

! qui pourrait redire comment ce

court délire cessa !... Qui pourrait redi
ce qu'ils éprouvèrent au moment où c
paroles foudroyantes se firent entendre !
« Qu'on la lui arrache ! le téméraire, croi
il pouvoir braver ma puissance ! Qu'on l
fasse connaître ma volonté, et qu'il ;
soumette. »

A ces mots, les deux époux frissonnen
Godefroi s'écrie dans l'excès de son d
sespoir : « O terre ! ouvre ton sein et dévo
nous !... O ! ma bien-aimée, tu vas lu
appartenir !... O honte ! ô déshonneu
Cieux, prêtez-moi vos foudres ou venge
moi... Secourez-moi, Dieu des nation
ayez pitié de nous ! »

Héléna versant un torrent de larme
serrait plus fortement son époux entre s
bras, et lui adressait ces paroles : --- «
crains pas, Godefroi, le plus horrible (
malheurs... Vois-tu ces tombeaux... là no
allons tous être réunis ; là dans un instant
Calme, oh ! calme tes transports... »

Tandis qu'elle parle, que ses yeux so
attachés sur ceux de son époux, que G
defroi s'énivre pour la dernière fois de
regard qui tour-à-tour le trouble et le re

heureux, les barbares veulent les séparer;
alors Godefroi des deux mains saisit son
épée, fond sur ceux qui cherchent à entraîner Héléna, les atteint, les terrasse; la
fille de Rodolphe est inondée du sang de
l'ennemi. Une fois encore elle échappe à
leurs mains et veut fuir vers son époux;
mais, ô désespoir! elle le voit blessé d'un
coup mortel: elle jette un cri... Il chancelle,
il tombe; elle se précipite vers lui, presse
ses lèvres brûlantes sur son front ensanglanté, se relève aussitôt, fuit à **travers**
une sombre allée, et reparaît dans l'instant sur la grande roche que baignent les
flots du lac. De-là, elle tourne ses regards
vers Godefroi: elle l'appelle... A cette
voix qu'il a reconnue, il revient des portes
du tombeau, ses yeux se r'ouvrent: il voit
Héléna, élève vers elle une main affaiblie.
Il a deviné son intention, et sa bouche,
qui veut prononcer son nom, ne peut que
sourire... Mais un dernier regard, un regard qui lui découvre la pensée de son
époux s'attache sur elle, et semble vouloir
suivre tous ses mouvemens. Héléna se jette
à genoux sur le rocher, élève des mains

I

tremblantes vers le ciel, et prononce ces
mots : «O mon Dieu! j'ai confiance en votre
miséricorde. Gothard! ô Gothard, pardonnez à la fille de Rodolphe! c'est elle
qui cause toutes vos peines.... Vos prières,
Gothard; vos prières!.... »

Des guerriers étaient arrivés au pied du
rocher, et allaient le gravir pour s'emparer
d'Héléna; elle les voit et s'écrie d'une voix
élevée : » la fille de Rodolphe, l'épouse
de Godefroi ne peut désormais appartenir qu'à la mort! Apprenez, étrangers, à
quoi vous réduisez la vertu que vous oppri-
mez : vous répondrez devant Dieu de cet
instant terrible. »

Déjà la main d'un des satellites qui gra-
vissaient la roche escarpée se porte sur
Héléna; mais aussitôt elle la repousse et
s'élance au milieu des flots, où un roc
tranchant lui ouvre la tête; les eaux se
teignent de son sang!...

A cette vue, un cri épouvantable échappe
aux guerriers consternés. Saisi d'horreur
et de regret, leur chef s'éloigne de ces tris
tes bords, et laisse à la vague qui se bris
sur le rocher, le soin d'ensevelir les restes

ensanglantés de celle dont un sourire, il n'y a qu'un instant, aurait satisfait son cœur barbare.

LETTRE XXIII.

Sophie à Adelme.

Ile de St.-Pierre, le . . . . .

GOTHARD après ces mots, garda un profond silence; des larmes tombaient de sa paupière et des soupirs soulevaient lentement sa poitrine. Après quelques instans, levant ses yeux vers moi, il poursuivit:

C'est ainsi que disparurent de la terre ces êtres que le ciel semblait avoir formés pour le bonheur: ainsi meurt la rose des Alpes lorsqu'un souffle impétueux descend ces monts glacés; ainsi tombe sous le fer du bucheron l'orme où coule la sève du printemps et qu'enlacent de jeunes pampres.

O terre, mille fois malheureuse! O monts helvétiens! vous n'avez point défendu cet asile contre la cruauté! vous avez frayé

des passages aux monstres qui venaient
déchirer vos enfans! vous n'êtes point tombés de vos éternelles bases aux bruits des
foudres ennemies? et vos têtes altières
n'ont point englouti ces vallons où régnaient
les forfaits de l'étranger!

O pays! jadis si cher à mon cœur, com
ment oser encore fouler ce sol inondé du
sang de ton peuple? Comment oser désor
mais attacher des regards pleins d'amour
sur cette terre où à chaque pas je sui
forcé de me dire: ici tu foules les os d
ton ami; là sa poussière se mêle à celle de
tombeaux: ces fleuves, ces lacs ont ét
teints du sang qu'il a versé pour la patrie
Et moi malheureux, je respire encore! L
ciel a voulu prolonger mon supplice, i
me commande de vivre pour raconter leur
malheurs.

J'espérais que la blessure que j'avai
reçue à l'instant de la mort d'Héléna serai
mortelle; mais loin de me conduire au por
où je désirais aborder, elle n'a fait que m
ravir la connaissance de ce qui se passai
ici; affaibli par la perte de mon sang
j'étais tombé parmi les morts au momen

où j'ai vu Héléna se précipiter au milieu
des flots... O Dieu, donnez - moi assez
de force pour supporter cette horrible
image! L'infortunée! peut-être a-t-elle été
livrée à une agonie cruelle?... Peut-être
a-t-elle expiré faute de soins sur le rocher
désert?...

Barbares, pourquoi ne déchiriez-vous
plutôt mes entrailles que de me laisser
revivre pour voir le plus horrible des malheurs!...

Lorsque mes yeux se r'ouvrirent à une
funeste lumière, je n'aperçus à mes côtés
que Roderich qui me prodiguait des secours.
Il venait aussi de se réveiller d'un anéantissement auquel ses forces avaient résisté;
comme moi il avait été laissé parmi les
morts. Mais déjà il ne pensait plus à ses
propres maux, et il me prodiguait des soins
qui lui eussent été nécessaires. Sans nous
parler, nos regards consternés erraient sur
le hideux spectacle du carnage qui nous
environnait. Le silence de la mort régnait
dans l'île, et le vent qui soulevait l'onde
semblait souffler le trépas.

Quelles sont les paroles qui peindraient

assez fidèlement les souffrances de mon
cœur? Pourquoi ai-je été épargné par cette
fatale faux, qui se dirige au hasard dans
les plaines de la vie?...

Je n'aurais pas revu Héléna le triste
jouet des flots, qui, en gémissant autour de
la roche solitaire, semblaient demander à la
nature entière une main secourable qui la
sauvât de la fureur des autans. Je ne l'aurais
pas retrouvée retenue par sa longue che-
velure au rocher qui avait hâté sa mort.

O Héléna, tu étais pâle comme l'étoile
du matin qu'obscurcissent les vapeurs humides qui s'élèvent du fond d'un lac lorsque
le jour commence à blanchir la cime glacée
des Alpes! C'est ma main qui détacha du
rocher tes blonds cheveux, ornement de ce
front où respiraient tous les charmes de ton
sexe; c'est ma main qui aida à te transporter
près de Godefroi!... Mais ce n'était plus
cet hymen qui m'avait rempli d'orgueil et
de joie, cet hymen qui vous promettait le
bonheur.... infortunés époux, l'amour ne
vous bercera plus de ses rêves enchan-
teurs!... Ces mêmes arbres qui ombragèrent
la couche nuptiale vont désormais se flétrir

et renaître sur l'asile de la mort. Là, où la
rose brillait dans tout son éclat, le tremblant feuillage seul gémira ; les festons de
fleurs que ma main formaient pour vous se
sont changés en des branches de cyprès !...
Et voilà donc cette couche qu'il vous
convient maintenant d'habiter !... Cette
froide tombe où règne un morne, un éternel
silence... Là, le méchant vous laissera reposer en paix !... Ce n'est plus cette heure
de félicité qu'il vous envie ; il craint de
respirer l'air isolé qui recourbe l'herbe des
tombeaux : l'aspect de la mort lui rappel-
lerait ses crimes.

L'homme juste peut seul vivre au milieu
des sépulcres sans craindre les fantômes de
la nuit, les gémissemens de la nature isolée,
et la peur au front pâle, à l'air épouvanté,
qui devance chaque pas du coupable.

Malheur à celui qui causa vos infortunes, époux que le ciel avait bénis ! Il a
troublé l'heure de votre hymen ! Malheur
à lui !...

Mais pardonnez, ô vous qui écoutez ici
mes plaintes ! pardonnez à ma douleur !...
C'est pour la dernière fois que j'aurai

raconté les malheurs des enfans des braves...

Lentement les fibres de mon cœur se brisent, ma vie s'éteint comme cette lampe qui finit au réveil d'une nouvelle aurore.

Si tes pas te conduisent encore ici, fille de l'Helvétien, tu trouveras ce banc désert, et tu n'entendras plus la voix de Gothard!... Des souvenirs feront peut-être couler des larmes de tes yeux, et la voix de la tombe te dira : ne pleure plus sur eux, ils ont cessé d'être pour le malheur; pleure sur toi et sur ta patrie!

Après ces mots Gothard me serra la main : mes larmes tombaient sur la sienne; il les sentit et me dit :

« Dieu te conduise en paix. Je crains d'avoir troublé le repos de ton ame par les récits de l'infortune. »

Je m'éloignai lentement de cet objet de douleur, j'avais le cœur brisé; et, en entrant dans le bateau, je m'écriai : ô nature, tout-à-la-fois douce et belle, ton aspect n'avait-il rien d'assez puissant pour calmer la fougue d'un cœur barbare!

LETTRE XXIV.

Sophie à Adelme.

Bienne, le . . . . .

JE revins de l'île de St.-Pierre, mon Adelme, l'ame navrée de tristesse. Ma pensée ne cessait de me retracer les scènes funestes dont j'avais entendu les tristes récits. Ils sont passés ces jours de deuil et de souffrance, mais leur souvenir affligera toujours celui qui chérit sa patrie.

La nuit était descendue sur le vallon, le sommeil fuyait ma paupière. Ma sœur vint à mon lit et nous nous entretînmes jusqu'à l'aurore des afflictions dont l'homme accable l'homme. Nous ne nous étions pas encore quittées lorsque le jour s'est levé sur la montagne. Nous vîmes les clartés qui devancent le soleil, colorer le Jura. D'un regard attendri je contemplais la haute cime de ces montagnes qui jadis repoussaient les dangers loin de nos paisibles vallons, et je leur reprochais de ne s'être

I.

plus armées de cette ancienne terreur qui
effrayait les peuples étrangers. Alors d'un
œil rapide je parcourus ces immenses hauteurs et je m'arrêtai enfin près d'une maison
appuyée sur le revers du Jura. Elle s'appelle
la maison blanche, (*das Weisse haus*);
elle est entourée d'une sombre verdure, et
en ce moment elle paraissait teinte des
couleurs de l'aurore : ses larges vitraux
étincelaient aux rayons du soleil naissant,
et autour d'elle tout était de pourpre et
d'or.

Vois, ma Julie, comme il est beau ce
Jura couvert du rose matinal ! sur lui se
reposent les rayons célestes.... Ne restons
point ici abattues par la peine et par le
découragement. Là-haut, près de cette
maison blanche, nous avons aussi passé de
beaux jours. Allons-y aujourd'hui : j'ai
besoin de me rappeler les temps heureux du
jeune âge pour calmer les troubles qui
agitent mon cœur.

Prends Haller ; qu'il nous accompagne
dans notre course, nous le lirons : il nous
consolera.

Après ces mots nous portâmes le baiser

du réveil à notre bonne mère , et nous gravîmes la montagne.

L'air frais du matin venait au-devant de nous : il semblait nous porter sur ses ailes vers la cime des monts , pour nous montrer plutôt le spectacle si doux , le spectacle toujours nouveau de la patrie , qui sous mille formes variées se déroulait à notre vue.

Tout en cheminant nous murmurions contre le destin qui a osé si injustement accabler ce beau pays de l'Helvétie.

— « Peut-être , disait Julie , avons-nous mérité ce sort rigoureux ; une main inconnue ne tient-elle pas dans une juste balance nos vertus et nos vices ? Le nombre de nos erreurs se multipliait , tandis que celui de nos vertus diminuait sensiblement ; et pour ne pas nous conduire à une perte certaine , la punition a suivi la faute. Nous sommes retombés dans notre première pauvreté. Ne voulant plus garder avec fidélité le dépôt sacré de nos pères , *la bonté et la simplicité* , leurs manes affligés nous ont accusés devant le Très-Haut ; les cieux ont entendu leurs voix plaintives , et une source

de malheurs a coulé devant la parole du
Tout-Puissant : l'innocent a souffert avec
le coupable ; mais là, au plus haut des
cieux, il ira recevoir une récompense qui
ne finira jamais ! »

O Haller ! Sage et immortel Haller,
puisse ton génie bienfaisant consoler quelquefois celui qui chérit ta patrie ! ...

Enfans de l'Helvétie, écoutez ces paroles, et le calme renaîtra dans vos cœurs :

(n)   ODE SUR LES ALPES.

Wohl dir vergnügtes Volk! dir hat ein hold Geschicke,
Der laster reichen Quell den Ueberfluss versagt :
Dem den sein Stand vergnügt dient Armuth selbst
    zum Glücke,
Da Pracht und Ueppigkeit der Länder Stüze nagt.

. . . .

. . . .

Glükseliger Verlust von schaden vollen Gütern!
Der Reichthum hat kein Gut das euerer Armuth
    gleicht. *Ez.*

Et lorsqu'il nous peint ce bonheur pur
que les regrets ne flétrissent jamais, ce
bonheur qui semble tirer son origine du
fond de ces monts agrestes, où le senti-

ent lie l'homme au sol qui l'a vu naître ;
ors il nous dit avec ce ton qui marque un
.essentiment que lui inspirait la crainte :

) Du aber hüte dich was grössers zu begehren ,
　Bleib deiner Einfalt treu so wird dein Wohlstand
　　　währen.

Oui , Haller , le bonheur de ta patrie
cupa souvent tes veilles ; aussi le ciel
a-t-il pas permis que tu fusses témoin de
·s malheurs.

Mais quelle perte pour elle lorsque la
ort lui enleva un génie tel que le tien !
e génie qui sans cesse fut dirigé par l'a-
our si vivement senti et toujours si bien
primé pour cette même patrie , à
quelle tes soins et ta sage politique
royaient pouvoir assurer une longue suite
e jours tels qu'un rêve enchanteur te les
eignait.

Qui aima plus que toi ce beau pays de
Helvétie ?.... Ta vie entière fut pour lui
n monument de gloire, d'amour et de
ertus!... Tu fus grand par tes sentimens
obles et tendres ; et tu fus grand par la
cience rare à laquelle tu sus joindre l'es-

prit le plus délicat à l'érudition la pl
profonde, l'utile à l'agréable, et le doux
sublime.

Le flambeau du génie n'a point affai[]
dans ton ame les feux de la tendresse :
sentis vivement les affections de l'amour
de l'amitié ? Que de preuves ta vie ne n[]
en a-t-elle point fournies ! Tes poësies
douces, si tendres, si mélancoliques, adr[]
sées à une épouse que la mort venait
t'enlever, à ton ami lors de votre sép[]
ration, à ta patrie lorsque tu en ét[]
éloigné ; ces poësies ne respirent-elles [
quelque chose de si touchant qui arrac[]
des larmes ? Chacune de ces pages que n[]
ouvrons, a été dictée par l'amour du b[]
et du vrai. On sent en les lisant que [
cœur fut toujours en harmonie avec
pensée que tu exprimes : ce qui est si bi[]
énoncé doit avoir été vivement senti,
attire l'affection de nos cœurs, comme l'[]
mant attire les objets qui se trouvent[]
rapport avec lui. Lorsque je lis Haller[]
crois sentir tout ce qu'il sentit lui-même
Mais il est des cœurs qu'une même vib[]
tion agite et émeut, tandis que d'autr[]

…ercheraient en vain dans la même cause
… qui tient à un sentiment qu'ils ne sau-
…ient éprouver. Ainsi n'accusons pas l'au-
…ur si nous ne pouvons nous attendrir là
… il s'est attendri ; accusons plutôt nos
…nes qui ne se trouvent point en harmonie
…ec la sienne.

…Lorsque mon cœur est séparé du sol qui
…inspira ses premières amours, lorsque
…es yeux sont privés de l'aspect de ces
…ontagnes chéries, et que ma pensée tou-
…urs attachée au même objet engage ma
…e à errer sur un horizon étranger que les
…pas ont cessé de borner de leur immen-
…é, alors tes poësies en main, ô immortel
…ller, je fuis sous la sombre verdure,
…bords du ruisseau de l'étranger, où le
…nt d'une autre patrie froisse à mon
…cille le tremblant feuillage ; là, je relis
…lle fois ces vers que t'inspirèrent les lieux
…e mon cœur regrette ; et, par la puis-
…nce de tes vives peintures, par la vérité
…es tableaux, mon imagination me fait
…re sur les rives paternelles ; je m'y arrête
…e délice, un feu d'amour circule dans
…es veines, et transporté par ton génie

sur le haut des monts qu'il adorait, ma vc
te suit au fond des tombeaux, et cherche
te faire entendre les accens de ma reco
naissance.

Tandis que Haller avait été le sujet
nos entretiens, nous venions d'arriver pi
de la maison blanche. Là, un tilleul couv
de ses larges branches, d'un côté la prairi
et du côté opposé le jardin, où un gra
nombre de ruches sont posées sur le pe
chant de la montagne. Le tilleul élevé s
une plate-forme est entouré d'un banc
d'une table, où autrefois nous avions co
tume de prendre nos repas. Ici nos regai
embrassent une grande partie du pa
borné par la chaîne des monts glacés, q
suivant le degré plus ou moins élevé
soleil, varient sans cesse aux yeux de forn
et de couleurs. Tantôt des nuages de poi
pre se drapent autour de leur cimes éblou
santes, tantôt une couronne d'or appar
sur leur front de cristal, et tantôt un tis
d'argent léger et transparent comme
vapeurs du matin, les recouvrent to
entier. Un vent frais se joue-t-il dans
nuages, alors l'aspect des glaciers chan

core, une ombre les couvre, fuit et dis-
raît, d'autres succèdent et fuyent de
ême. Dans moins d'un instant, mille feux
llument, s'éteignent et se rallument
core, lorsque l'astre du jour frappe de
s rayons brûlans un monde de glaces. La
mpète couvre-t-elle de ses noires horreurs
firmament, alors les Alpes semblent se
procher du Jura, et découvrent à la
e le triste aspect d'un hiver éternel. De
s hauteurs-mêmes nous apercevons leurs
gues cavités où roulent d'impétueux
rrens, leurs précipices chargés de neiges
de glaces, entourés de collines couvertes
fleurs et de verdures. L'orage a-t-il épuré
cieux, le firmament se couvre-t-il d'azur,
nouveau les glaciers semblent reporter
urs masses dans le lointain ; alors, splen-
des, rayonnans, l'illusion les élève, les
it jusqu'aux cieux et les retrouve parés
s couleurs célestes.

Voilà, mon ami, le fond brillant qu'offre
vue du Jura. Entre ces deux bornes,
e Jura et les Alpes) qui renferment le
int du globe où mes yeux se sont ouverts
a lumière, on découvre une grande partie

de l'Helvétie, qui se partage en vallons,
collines, en monts agrestes et sauvages.

Ne t'afflige pas de ta pauvreté, peu
encore mille fois plus heureux que t
d'autres peuples ; pour toi les rayons
soleil se multiplient sur cette heure
contrée : de nouveau tu devras cette te
dévastée par l'étranger à tes soins et à
labeurs.

La sueur de ton front a fructifié
roches arides qu'échauffait en vain
soleil. De nouveau ton bien-être sera
fruit de ton industrie et de ta constan
Dieu bénira le travail de ta main et t'aid
à nourrir tes enfans, à qui le sor
tout ravi.

Mes yeux ont vu d'autres peuples mo
heureux que toi, d'autres patries mo
belles que la tienne, et où ne règne po
la douce félicité que tu sais puiser dans
œuvres du Tout-Puissant ; ces œuvres (
seules satisfont l'ame, qui jamais ne laiss
de regrets, et qui te créent des vertus
plus.

(p) Aucun coin de ton sol ne reste i
culte : la plus petite de tes chaumièr

enchée sur le rocher verdoyant que bat
eau d'une cataracte, semble appartenir
un homme fortuné : les enfans qui jouent
ur le seuil de sa porte ne sont point cou-
erts des haillons de l'indigence, et l'in-
érieur de la cabane n'offre point l'aspect
le la misère.

O amour du travail ! c'est à toi qu'il faut
endre grâce de cette aisance dont jouit
aême l'homme qui est né pauvre : il aurait
aonte ici celui qui laisserait reposer ses
hains. A peine les facultés de l'enfant se
développent-elles, que le vieillard lui apprend, en jouant avec lui sous le chêne
outffu, qu'à la prière du matin doit suc-
séder un travail que la nuit seule peut
nterrompre.

Nul ici ne traîne après soi le fardeau de
a mendicité. De bonne heure l'enfant a
entendu répéter au vieil oracle de la campagne qu'il n'y a point de honte à gagner
on pain, mais qu'il est avilissant de le
lemander, et de se mettre hors d'état
l'être utile à un voisin infirme.

Tandis que je m'étais abandonnée aux
pensées qui avaient pour but le bonheur

avenir de ce peuple qui jadis n'avait poir
connu les peines que lui ont causées des p
tes récentes, Julie m'avait quittée pour
livrer à son occupation favorite : je la voy.
assise sur le penchant de la montagn
herborisant la pelouse et dessinant d
plantes qu'elle voulait placer dans un nor
veau paysage que son imagination enfar
tait.

La sombre verdure qui couronne
Jura commençait à briser les rayons d
soleil, l'or du couchant se mêlait à la vieil
mousse du rocher sonore , les génisses e
bondissant regagnaient la hutte du mor
tagnard , et le cor rustique résonnait
travers les antiques forêts.

J'étais dans cette heureuse dispositio
qui fait craindre la fuite d'un temps qu
donne de si pures jouissances: ma mar
aurait voulu pouvoir arrêter chaque rayo
de lumière que le crépuscule allait enlev
à la campagne. Le présent, le passé
l'avenir agitaient à-la-fois mon imagin
tion , et les impressions de cet âge où to
charme, où tout plaît, se présentaient e
foule à ma pensée: le désir de ic les com

muniquer, mon Adelme, m'inspira ces
imples vers.

Je vous revois, charmans rivages,
Où j'ai passé tant d'heureux jours ;
Long-temps vos ombres, vos bocages,
A mon cœur tinrent lieu d'amours.

Je vous revois, terre chérie,
Long-temps refusée à mes vœux :
Champs paisibles de l'Helvétie,
Que votre aspect charme mes yeux !

Voilà ces glaciers, ces montagnes,
Qu'embrâsent les feux du soleil,
Et qui, sur ces vertes campagnes,
Versent l'azur et le vermeil.

Je revois donc la roche altière
Que souvent mon œil admira :
La neige, qui tombe en poussière,
Au loin éclaire le Jura.

Sur ces monts, où l'hiver entasse
La neige et d'éternels frimas,
Des fruits mûris près de la glace
Par-tout se montraient sous mes pas.

Je gravissais avant l'aurore
Les monts, les rochers d'alentour ;
Je voulais voir, revoir encore
Les premiers rayons d'un beau jour.

Le soleil, à mon œil avide,
Embrassait les sombres forêts :
Il chassait le brouillard humide
En éclairant mes pas distraits.

Tout me plaisait dans la nature,
Lorsqu'elle sortait du sommeil ;
Des perles formaient sa parure,
Que faisait briller le soleil.

J'écoutais du torrent rapide
Le bruit sourd et majestueux,
Et j'approchais d'un pas timide
Aux bords des gouffres ténébreux.

Mes regards erraient sur ces rives
Où jadis un chantre immortel
Rendit les nymphes attentives
Aux chants de Daphnis et d'Abel.

Au pied du mont, sur l'eau tranquille,
Je voguais avec les plaisirs ;
J'agitais d'une main débille
La rame au gré de mes désirs.

Oui, de cette île de St.-Pierre
L'aspect me parut ravissant.
Là, sur un tronc couvert de lierre
Je me reposais en chantant.

Loin du monde et loin de la ville,
Je rêvais où rêva Rousseau :
Comme lui j'aurais peint cette île,
Mais je n'avais point son pinceau.

Le soir, en confiant à l'onde
Mon présent et mon avenir,
Je pensais que ce point du monde
Méritât seul un souvenir.

Prêt à terminer sa carrière,
Déjà le soleil pâlissait,
Et chaque rayon de lumière
Parmi es flots se balançait.

Près d'un rocher, d'une voix tendre,
J'invoquais l'écho de ces bois;
J'écoutais s'il pourrait me rendre
L'air que lui répétait ma voix.

Lieux chéris, quelle douce ivresse
Vous portiez alors dans mon cœur!
Écoutez-moi!... je fais sans cesse
Mille vœux pour votre bonheur.

Puissent toujours vos frais bocages
Ombrager vos tranquilles eaux!
Puissent les bergers sur vos plages,
Toujours enfler leurs chalumeaux!

Que vos monts servent de retraite
Aux vertueux enfans de Tell!
Puissent-ils chérir la houlette,
La paix et l'amour fraternel!

Bientôt, doux objets pleins de charmes,
Bientôt il faudra vous quitter:
Contre l'amour je n'ai plus d'armes,
Je n'ai pas su lui résister,

Adieu donc, charmante contrée;
Adieu, l'azile du bonheur,
Qu'habite une mère adorée,
Qu'habite une sensible sœur !

Le dieu qui loin d'ici m'entraîne
Permettra, sans être jaloux,
Que le sentiment me ramène
Par la pensée auprès de vous.

Ruisseaux, vallons, épais feuillage,
Echos, monts, rochers sourcilleux,
Mon cœur emporte votre image,
Et vous fait ses tendres adieux.

FIN DU PREMIER VOLUME.

NOTES.

Page 80 (*a*). *Cette île si chère à Rousseau.* « De toutes les habitations où j'ai demeuré (et j'en ai eu de charmantes), aucune ne m'a rendu si véritablement heureux, et ne m'a laissé de si tendres regrets que l'île de St.-Pierre, au milieu du lac de Bienne. Cette petite île qu'on appelle à Neufchâtel l'île de La Motte, est bien peu connue même en Suisse. Aucun voyageur, que je sache, n'en fait mention. Cependant elle est très-agréable et singulièrement située pour le bonheur d'un homme qui aime à se circonscrire; car, quoique je sois peut-être le seul au monde à qui sa destinée en ait fait une loi, je ne puis croire être le seul qui ait un goût si naturel, quoique je ne l'eusse trouvé jusqu'ici chez nul autre. »

. Les rives du lac de Bienne sont plus sauvages et romantiques que celles du lac de Genève, parce que les rochers et les bois y bordent l'eau de plus près; mais elles ne sont pas moins riantes. S'il y a moins de culture de champs et de vignes, moins de villes et de maisons, il y a aussi plus de verdure naturelle, plus de prairies, d'asiles ombragés de bocages, des contrastes plus fréquens et des accidens plus rapprochés. Comme il n'y a pas sur ces heureux bords de grandes routes commodes pour les voitures, le pays est peu fréquenté par les voyageurs; mais il est intéressant pour des contemplateurs solitaires qui aiment à s'énivrer à loisir des charmes de la nature, et à se recueillir dans un silence que ne trouble aucun autre bruit que le cris des aigles, le ramage entrecoupé de quelques oiseaux, et le roulement des torrens qui tombent de la montagne. Ce beau bassin, d'une

forme presque ronde, enferme dans son milieu deux pe-
tites îles; l'une, habitée et cultivée, d'environ une demi-
lieue de tour; l'autre, plus petite, déserte et en fri-
che, et qui sera détruite à la fin par les transports
de la terre qu'on en ôte sans cesse pour réparer le
dégâts que les vagues et les orages font à la grande
C'est ainsi que la substance du faible est toujours em-
ployée au profit du puissant. »

« Il n'y a dans l'île qu'une seule maison, mai
grande, agréable et commode, qui appartient à
l'hôpital de Berne, ainsi que l'île, et où loge un re-
ceveur avec sa famille et ses domestiques. Il y entretient une nombreuse basse-cour, une volière et de
réservoirs de poissons. L'île dans sa petitesse est tel
lement variée dans ses terrains et ses aspects, qu'ell
offre toutes sortes de sites, et souffre toute sorte d
cultures. On y trouve des champs, des vignes, de
bois, des vergers, de gras pâturages ombragés d
bosquets et bordés d'arbrisseaux de toute espèce
dont le bord des eaux entretient la fraîcheur; un
haute terrasse plantée de deux rangs d'arbres bord
l'île dans sa longueur, et dans le milieu de cette ter
rasse on a bâti un joli salon où les habitans des rive
voisines se rassemblent, et viennent danser les di
manches durant les vendanges. »

(ROUSSEAU, *cinquième promenade*.)

Page 88 (*b*). Le même auteur, M. DE CHATEAU
BRIAND, dit ailleurs: « Il y a une autre preuve moral
de l'immortalité de l'ame, sur laquelle il faut insister
c'est la vénération des hommes pour les tombeau
Là, par un charme invincible la vie est attachée
la mort; là, la nature humaine se montre supérieu

u reste de la création , et déclare ses hautes destinées.
a bête connait-elle le cercueil , et s'inquiète-t-elle
e ses cendres ? Que lui font les ossemens de son
ère , ou plutôt sait-elle quel est son père après que
es besoins de l'enfance sont passés ? D'où nous vient
one la puissante idée que nous avons du trépas ?
Quelques grains de poussière mériteraient-ils nos hom-
ges ? Non , sans doute : nous respectons les cendres
e nos ancêtres , parce qu'une voix nous dit que tout
'est pas éteint en eux ; et c'est cette voix qui consacre le culte funèbre chez tous les peuples de la
erre : tous sont également persuadés que le sommeil
n'est pas durable , même au tombeau , et que la mort
'est qu'une transfiguration glorieuse. »

(M. DE CHATEAUBRIAND.)

Page 89 (c). On rencontre souvent sur les chemins,
n Suisse, cette épitaphe d'une touchante simplicité :

Sta viator ! heroen calcas.

Page 95 (d). Walter Furst von Uri , un des trois
rures qui ont délivré la Suisse du joug étranger.

« Page 98 (e). Schwitz , canton de Suisse, qui , quoique le cinquième en rang , donne son nom à toute la
ation : il est borné à l'ouest par le lac des quatre
cantons , au sud par le canton d'Uri et par celui de
Claris , au nord par ceux de Zurich et de Zug. Sa
principale richesse consiste en bétail. Le bourg de
Schwitz en est le chef-lieu. Il est beau et grand , et
tué près du lac des quatre cantons dans une campagne agréable , entre de hautes montagnes. »

(Géographie.)

Page 102 (f). « La chaîne du Schrekhorn a m
des bornes aux conquêtes des maîtres de l'univers.
Ces infatigables romains qui parcouraient les arm
à la main les montagnes des Allobroges et les Alp
Rhétiques, ont été étonnés à la vue de cette no
velle barrière, aux rochers de laquelle ils ont don
exclusivement le nom d'Alpes hautes ; ils furent mêr
réduits à s'en tenir contre leurs habitans à une guer
purement défensive, dont le fameux mur élevé da
le Valais, entre le Rhône et le Burberg, me par
être un monument. »

(*Lettres sur la Suisse de* William Cox

Page 104 (g). Newenegg, sur la Sense, à tr
lieues de Berne.

Page 105 (h). « Car partout les femmes montraie
un courage, un dévouement admirables, et bien d
gnes d'un meilleur sort. »

(*Histoire des Suisses, par* P. H. MALLET

Page 112 (i). Berchtold V, duc de Zeringen, fon
la ville de Berne en 1191.

Page 135 (k). Arberg, petite ville de Suisse, da
le canton de Berne, avec un beau château où demer
le bailli. Elle est sur l'Aar, dans une espèce d'île
quatre lieues de Berne.

(*Géographie.*)

Page 160 (l). « Devant les Alpes se présente
Stockhorn, qui leur sert de limite du côté du b
OEchtland. A ses pieds, la Simmen sort des vallé
qui portent son nom. Au-delà de cette rivière
s'aperçoit le Niesenhorn élever sa cime aiguë et sot

aire au-dessus du Stockhorn , et se ceindre , vers les
rois-quarts de sa hauteur , d'une couronne de nuages.
I est voisin du val de Frutigen et du Kanderstaeg ,
où le Cander entraine ses eaux impétueuses. L'A-
)endberg , montagne faiblement escarpée, sort agréa-
lement du lac, à peu de distance du Niesenhorn ;
sa base rompt l'effort des vagues: les troupeaux pais-
sent sur ses flancs. Il se termine à-peu-près au même
endroit que le lac de Thun , dans une vallée fertile ,
au travers de laquelle l'Aar y transporte ses flots
rapides, après avoir quitté celui de Brinz. Ce dernier
remplit un abyme profond que dominent des montagnes élevées. Plus on s'approche des Hautes-Alpes ,
plus la majesté de la nature affecte l'homme d'une impression extraordinaire. L'idée de la vieillesse de ces
monts, qui peut-être surpasse de beaucoup l'âge du
genre humain , jointe à celle des inébranlables fonde-
mens sur lesquels ils reposent, nous fait tristement
sentir le néant de notre frêle machine. En même-
tems l'ame s'agrandit et s'exalte comme si elle voulait opposer la supériorité de son être à la grandeur
de ces masses immobiles. Au milieu de ces sensations ,
l' t parvient à la vallée d'Oberhasli. »

(*Histoire des Suisses* , *de* Jean MULLER.)

Page 175 (*m*). « Nidau, Nidow, Nidavia, jolie
ville de Suisse, capitale d'un bailliage de ce même
nom, au canton de Berne, avec un beau château.
Elle est dans une terre basse et fertile, sur le lac de
Bienne.   (*Géographie.*)

P. 204 (*n*).   ODE SUR LES ALPES.

Peuple heureux et content! à qui le destin favorable a refusé l'abondance , cette riche source de tous

les vices! Celui qui est satisfait de son état, trou
son bonheur dans l'indigence même ; pendant que
pompe et le luxe sapent le fondement des état

. . . .

. . . .

Heureux qui est privé de ces avantages dangereux
Les richesses n'ont aucun bien qui égale votre in
digence , etc. , etc. »

Page 205 (o) « Garde-toi d'aspirer à quelque cho
de plus grand , ta prospérité durera aussi long-tem
que la simplicité de tes mœurs. »

(HALLER.)

Page 210. (*p*)

Dear is that shed to which his soul conforms,
And dear that hill which lifts him to the storms;
And as a child, when scaring sounds molest,
Clings close and closer to the mother's breast,
So the loud torrent, and the whirlwind's roar,
But bind him to his native mourtains moré.

. . . .

« Il chérit l'humble toit qui sympathise avec so
cœur: il chérit ce rocher sourcilleux qui l'élève jus
qu'au séjour des orages : le fracas des torrens et l
mugissement des tempêtes ne font que l'attacher da
vantage à sa montueuse patrie. Tel, un enfant , lors
qu'un bruit effrayant l'inquiète, se presse contre l
sein de sa mère, s'y cache, y cherche son refuge. »

(*Du voyageur de* GOLDSCHMITH.

FIN DES NOTES DU PREMIER VOLUME.